Im Zeichen der Zauberkugel

Das Rätsel von Atlantis

Band 1
Im Zeichen der Zauberkugel -
Das Abenteuer beginnt

Band 2
Im Zeichen der Zauberkugel -
Der Fluch des Skorpions

Band 3
Im Zeichen der Zauberkugel -
Der ägyptische Zankzauber

Band 4
Im Zeichen der Zauberkugel -
Das Geheimnis des Drachen

Band 5
Im Zeichen der Zauberkugel -
Die Reise ins ewige Eis

Band 6
Im Zeichen der Zauberkugel -
Die Macht
des magischen Zirkels

Band 7
Im Zeichen der Zauberkugel -
Aufbruch in neue
Abenteuer

Band 8
Im Zeichen der Zauberkugel -
Der magische Flug
durch die Wüste

Band 9
Im Zeichen der Zauberkugel -
Im Tempel der Maya

Band 10
Im Zeichen der Zauberkugel -
Das Rätsel von Atlantis

Mehr erfährst du unter:
www.zauberkugel.de

Stefan Gemmel

Im Zeichen der Zauberkugel

Das Rätsel von Atlantis

Mit Bildern von Anemone Kloos

nach Katharina Madesta

CARLSEN

INHALTSVERZEICHNIS

IDEENSUCHE

Alex saß auf seinem Platz und staunte. Dann musste er lächeln, dann staunen und gleich darauf wieder lächeln. Sein Blick war fest auf Bim gerichtet. Besser gesagt: Er blickte seit Stunden auf Bim in ihrer Gestalt als Alex.

Bim lächelte zurück. „Ist was?“, fragte sie, obwohl sie die Antwort kannte.

„Ich kann mich nicht daran gewöhnen, mir selbst zuzusehen und zuzuhören“, antwortete Alex. „Das ist völlig verrückt.“

„Was meinst du, wie es mir geht?“, gab Bim zurück. „Mir fehlen mein Fell und die Möglichkeit, mir mit der Schwanzspitze die Ohren zu kratzen.“

Sie lachten und die anderen fielen mit ein.
Auch Kadabra und Baklebrud hatten Gewöhnungsprobleme mit ihren neuen Körpern.
„Als Mensch kann ich gar nicht so hoch springen“, beschwerte sich die Katze in ihrer Menschengestalt.
Und Baklebrud fügte hinzu: „Und wusstet ihr, dass Menschen nicht immer auf den Pfoten landen, wenn sie fallen? Ich weiß gar nicht, wie viele blaue Flecken ich schon auf meiner Menschenhaut habe.“ Er wandte sich der Maus zu. „Mir fehlt mein Fell ebenfalls, Bim. Genau wie die vier Pfoten, die Schnurrhaare und die spitzen Ohren. Hach ...“
Alle drei sahen auf die Zauberkugel, die vor Sahli auf dem Tisch lag. Ihre Blicke spiegelten eine Mischung aus Hoffnung und Verzweiflung wider.
Sahli legte die Hände auf die Kugel. „Ich könnte euch sofort befreien“, meinte er, doch Liv griff hastig nach der Kugel und hielt ihn davon ab.
„Ich kann euch gut verstehen“, sagte sie zu ihren verzauberten Freunden. „Aber ein wenig müsst ihr noch durchhalten.“ Sie legte den Kopf schief und sah

alle drei nacheinander mitfühlend an. „Schafft ihr das?“

Diesem Blick konnten die verwandelten Tiere nicht widerstehen.

„Ach, Schwanzspitzen-Ohrenkraulen ist auch gar nicht soooooo schön“, ulkte Bim.

„Und statt meines schönen Fells habe ich nun ein Gesicht, mit dem ich Ausdrücke machen kann, für die Katzengesichter nicht gemacht sind“, lenkte Kadabra ein.

Und Baklebrud ergänzte mit so überzeugter Stimme wie möglich: „Blaue Flecken auf weißer Haut haben ja auch etwas Kunstvolles, nicht wahr?“

Darauf brachen alle am Tisch in lautes Lachen aus.

Nur einer lachte nicht mit: Alex. Seine gute Stimmung war in dem Augenblick verschwunden, in dem Bim ihnen mitgeteilt hatte, dass sie gern ihre normale Gestalt zurückhätte. Denn auch wenn sie jetzt alle guter Laune waren, spürte er doch, dass es den drei Tieren schwerfiel, in ihrer menschlichen Gestalt festzustecken.

„Ich finde es gar nicht lustig, dass ihr wegen Calvin und seiner Truppe leiden müsst“, sagte er.
Das Lachen am Tisch verklang. Sahli wandte sich Alex zu und nickte. „Ich verstehe, was du meinst“, sagte er.
„Aber was könnten wir denn sonst tun?“, entgegnete Sally. „Wenn wir Calvin machen lassen, wird er mit seiner Dummheit noch alles aufdecken.“
„Dumme Menschen sind gefährliche Menschen“, gab Charda ihr recht. Auch ihr gefielen die ganzen Entwicklungen nicht.
„Außerdem wird er uns nicht mehr in Ruhe lassen“, fügte Liv hinzu. „Er kann sich schließlich denken, wer ihm den Streich im Kino gespielt hat.“
Bim blickte zu ihr rüber. „Glaubst du, er will Rache?“
„Ganz sicher!“, erwiderte Liv.
„Sure, of course“, unterstützte Sally ihre Schwester.
„Also müssen wir ihm noch einmal zuvorkommen“, warf Kadabra ein. „Wir brauchen einen Plan.“
Alex stieß frustriert die Arme in die Luft. „Das ist es ja, was mich ärgert. Eigentlich sollten wir uns um

Argus kümmern und nicht um Calvin. Argus ist viel gefährlicher für uns."

„Aber Calvin ist unberechenbarer", widersprach Liv.

„Die sind einfach beide doof!", schloss Sally.

„Also brauchen wir nicht einen Plan, sondern zwei", seufzte Alex und verzog das Gesicht. Er fand das alles zu kompliziert.

„Also brauchen wir keine zwei Pläne, sondern einen", seufzte Itzel und verzog das Gesicht. Sie fand das alles zu kompliziert. Die Art, wie Argus dachte und vorging, entsprach überhaupt nicht ihrer Art, zu denken und zu handeln. Aber sie konnte nicht mehr zurück. Sie hatte sich ihm angeschlossen und musste nun da durch.

„Genau so ist es, geschätzte Komplizin", entgegnete Argus. „Wir müssen nicht den Zirkel erweitern und gleichzeitig Sahli jagen. Wenn uns wieder ein mächtiger Stamm an Magiern zur Seite steht, erledigt sich die Sache mit Sahli von ganz allein. Was er mit meinem ersten Zirkel angerichtet hat, war Pech.

Wir alle haben ihn unterschätzt. Da hatte der Junge leichtes Spiel."

Itzel legte den Kopf schief und sah Argus skeptisch an. Ihr war klar, dass er gerade völligen Unsinn von sich gab. Sahli war mächtiger, als es Argus lieb war. Der Junge stellte nach wie vor eine echte Gefahr für alle Magier ihres Schlages dar.

Doch da Itzel nicht wusste, ob Argus bewusst oder unbewusst log, beschloss sie, erst einmal abzuwarten und Argus weiterreden zu lassen.

„Wir brauchen starke Magier an der Seite. Mächtige, großartige Zauberer, die ...", hob Argus an.

„Und Magierinnen", unterbrach Itzel ihn.

„Was?" Argus sah Itzel irritiert an. Dann begriff er, was sie meinte, und gab ihr recht. Zumindest so viel recht, wie er ihr zugestehen konnte. „Ja, natürlich auch die eine oder andere Frau", gab er zurück. Itzel überlegte, ob sie mit dieser Antwort einverstanden war. Aber erst einmal ließ sie ihn weitersprechen.

„Wir sollten uns nach möglichen Mitstreitern umschauen, die so mächtig wie Gorr oder Eedok sind, weil …" Er stockte, als ihm einfiel, wie unangenehm ihm Eedok schon immer gewesen war und wie wenig sie sich leiden konnten. „Na ja, wie Eedok müssen sie nicht gerade sein", korrigierte er sich und kam wieder auf seinen eigentlichen Gedanken zurück. „Wir brauchen einen zweiten Zirkel, der so mächtig ist wie der vorherige. Aber dieses Mal müssen wir vorsichtiger und gezielter vorgehen."

Itzel nickte zustimmend und fragte: „An wen denkst du denn dabei?"

Argus strich sich nachdenklich über seinen langen Bart. Er wollte nicht zugeben, dass er entweder keine weiteren mächtigen Magier mehr kannte oder sich mit wirklich allen zerstritten hatte, die über die magischen Fähigkeiten verfügten, die ihnen helfen konnten.

Er lächelte Itzel zu. „Ach, die ganze Zeit über spreche nur ich", versuchte er abzulenken. „Vielleicht möchtest du ja die ersten Vorschläge machen."

„Sehr gern. Wie wäre es zum Beispiel mit Jayanti, der indischen Zauberin? Sie kann Elefanten schweben und Häuserwände verschwinden lassen."

Argus zuckte leicht zusammen. Gegen Jayanti war er vor vielen Hundert Jahren in einem Wettbewerb angetreten und hatte sie unfair ausgetrickst, um zu gewinnen. Sie würde wahrscheinlich mit ihren Elefanten nach ihm werfen, sobald er auch nur in ihre Nähe kam.

„Ach, ich bitte dich", wehrte er darum ab. „Was sollen wir denn mit schwebenden Elefanten und unsichtbaren Wänden? Das hilft uns doch nicht weiter."

Itzel hatte sofort den nächsten Vorschlag parat. „Kennst du Lakami, den man den Sohn der afrikanischen Steppe nennt? Er kann die wildesten Tiere dazu bringen, seinen Befehlen zu gehorchen und ..."

Dieses Mal zuckte Argus deutlich heftiger zusammen. Denn Lakami hatte er einmal in einen tiefen Schlaf versetzt, um einem afrikanischen König all seine Besitztümer zu rauben. Lakami würde seine ganzen wilden Tiere auf ihn hetzen.

„Oh ... also ... ich denke, wenn wir Sahli mit dem

neuen Zirkel jagen wollen, brauchen wir Lakami nicht. Da, wo der Junge jetzt lebt, gibt es nicht viele wilde Tiere. Oder glaubst du, wir könnten Sahli mit der Hilfe eines Meerschweinchens oder eines Eichhörnchens überlisten?"

Itzels zweifelnder Blick verriet Argus, dass sie seine Abwehrmanöver durchschaute. Er müsste ihr bald nachgeben, wenn er nicht auffliegen wollte.

„Da wäre noch Evgenia aus Moldawien. Du weißt schon, man nennt sie die Hexe mit den tausend Gesichtern, weil sie ..."

„Oh!" Dieses Mal zuckte Argus nicht, dieses Mal fuhr er sichtbar zusammen. Immerhin hatte er Evgenia einmal in die Krone eines gigantischen Baumes gezaubert, um ihr einen ihrer magischen Säfte zu stehlen. Leider hatte er den Zauber zu mächtig angelegt, weshalb Evgenia mehrere Wochen in dem Baum festgesessen hatte. Wenn er sie jetzt um Hilfe bat, würde er unter Garantie alle ihre tausend Gesichter kennenlernen. Was das mit ihm machen würde, wollte er sich gar nicht erst vorstellen.

„Evgenia ... Nun ... Natürlich kenne ich sie“, sagte er laut, blickte Itzel an und suchte fieberhaft nach einer Ausrede. „Tausend Gesichter ...“, brachte er mühsam hervor. „Das ist schon eine Menge und wir ...“

„Ich verstehe!“ Itzel stemmte erbost die Hände in die Hüften. „Keiner meiner Gefährten scheint dir gut genug zu sein. Anscheinend bestehst du darauf, die Magier des neuen Zirkels selbst zu bestimmen.“

„Aber nein“, versuchte Argus sie zu beschwichtigen. „So ist das keinesfalls. Vielmehr ... also ... es ist eher so, dass ...“

Itzel winkte ab. „Wie dem auch sei. Dann lass mich deine Vorschläge hören. Iskhuros muss ich dir wohl nicht mehr vorschlagen, da du ...“

Argus sah sie überrascht an. „Iskhuros?“

Itzel schaute überrascht zurück. „Sag nur, du hast noch nie von Iskhuros gehört?“

„Doch, natürlich!“, log Argus hastig. „Wer hätte noch nicht von Iskhuros gehört? Alle kennen doch Iskhuros. Und alle wissen, wie gut er ... also, dass er ... nun, dass er ein Meister ist im ...“ Er räusperte sich.

„Ich ... äh ... ich hab nur lange nichts mehr gehört von Oskhuris."

„Iskhuros", verbesserte Itzel ihn.

„Meine ich doch auch: Iskhuros", brachte Argus rasch hervor und versuchte, seine nächste Frage möglichst unauffällig klingen zu lassen. „Und ... und was macht er im Moment so, der alte Iskhuros? Wie geht es ihm denn?"

Natürlich hatte Itzel Argus' Manöver längst durchschaut. Aber sie beschloss, dieses lächerliche Spiel mitzuspielen, denn ihrer Meinung nach war Iskhuros genau der Magier, den sie brauchten. Und ein Streit mit Argus würde sie nur weitere kostbare Zeit kosten.

Statt zu antworten, griff Itzel nach der Tasche an ihrem Gürtel. Sie zog eine goldene Schale hervor, wie Argus sie schon im Tempel der Maya bei ihr gesehen hatte. Sie stellte die Schale auf einem hohen Stein ab und griff erneut in das kleine Säckchen an ihrem Gürtel, um einige Kräuter daraus hervorzuziehen. Dann schloss sie die Augen, um kurz den Geruch der Kräuter zu genießen, bevor sie zwei Finger in die Schale legte und mit den Fingerspitzen leicht über die Innenwand strich.

Argus beugte sich zu ihr hinunter. Er fragte sich, was das alles sollte. Falls dies ein Zauber war, so kannte Argus ihn nicht.

Itzel strich über die Wand der Schale, als wolle sie das Innere streicheln. Argus beugte sich noch weiter herab und ignorierte Itzels „Vorsicht, Argus", das sie ihm ins Ohr flüsterte.

Natürlich hörte er nicht auf sie. Er wollte auf keinen Fall versäumen, einen neuen Zauber kennenzulernen. Noch wichtiger aber war, dass er Itzel keine Möglichkeit bieten wollte, ihn auszutricksen. Er traute ihr nicht. Zwar waren sie bei ihrem Wunsch, einen neuen, starken Zirkel zu gründen, aufeinander angewiesen, doch das bedeutete nicht, dass er ihr sein Vertrauen schenkte. Er war Itzel gegenüber bis in die Bartspitzen misstrauisch und bis zur Turbankante skeptisch. Aber das durfte er ihr natürlich nicht zeigen.

Er beugte sich noch ein Stück tiefer herab, um zu erkennen, was sie mit ihren Fingern in der Schale bewirkte. So weit herab, dass seine Nase beinahe die Schale berührte.
Im nächsten Moment schrie er auf, denn unter Itzels Fingerspitzen hatten sich Funken gebildet, die in die Höhe gestoben waren und sich in seinem Bart verfangen hatten.
„Ach, du farbloses Chamäleon!“, schrie Argus auf und klopfte sich den glühenden Bart. Es brauchte einige Hiebe, bis alle Funken erloschen waren. Doch gegen den Übelkeit erregenden Gestank nach gegrilltem Bart halfen weder Hiebe noch Flüche.
Itzel gelang es nicht, ihre Schadenfreude zu verbergen. „Ich hatte dich doch gewarnt“, sagte sie schmunzelnd. „Du hättest auch aus der Ferne zusehen können, wie ich mein Kräuterfeuer entzünde. Aber ...“ Sie drehte den Kopf und sah ihn eindringlich an. „Vermutlich hast du schon wieder befürchtet, ich könnte irgendeiner List nachgehen.“
„Einer List?“, fragte er mit einer übertrieben

unschuldigen Stimme. „Warum sollte ich so etwas denken? Wir sind doch Partner in einer wichtigen, bedeutsamen Sache."

„So? Sind wir das?", erwiderte sie.

„Natürlich. Ich vertraue dir voll und ganz", log Argus hastig.

Itzel ließ die kleinen Flammen in ihrer Schale für einen Moment unbeobachtet, stand auf und stellte sich dicht vor Argus.

„Du weißt schon, dass die Menschen, die schwer Vertrauen fassen können, oft diejenigen sind, denen man nicht vertrauen sollte, oder?", fragte sie.

Argus verstand kein Wort. „Was?"

„Manche Menschen sind so darauf bedacht, andere immer wieder auszunutzen und auszutricksen, dass sie sich kaum vorstellen können, dass es auch Menschen gibt, die nicht so sind. Darum denken sie, die ganze Welt will sie genauso ausnutzen und austricksen, wie sie selbst das tun. Sie vertrauen niemandem und leben in ständiger Angst davor, betrogen, verraten oder hintergangen zu werden.

Ich finde das sehr bedauerlich und traurig. Denn tatsächlich lohnt es sich, anderen Menschen zu vertrauen und sich auf sie einzulassen. Nur so können echte Freundschaften entstehen – und gute gemeinsame Vorhaben. Verstehst du, was ich meine, Argus?"

Der Dschinn blickte Itzel angestrengt an. Er hörte ihre Worte und verstand, was sie aussagte. Aber gleichzeitig hörte er in seinem Kopf seine eigene Stimme zischen: „Das sagt sie alles nur, um dich einzulullen, das ist dir ja wohl klar, du altes Wüstenkamel. Sie spricht von Vertrauen, dabei heckt sie bestimmt selbst gerade einen Plan gegen dich aus. Diejenigen, die am meisten von Vertrauen sprechen, sind doch diejenigen, denen du nicht vertrauen solltest, oder?"

In Argus' Kopf drehte sich alles. Er hörte Itzels Stimme und er hörte seine eigene Stimme und wusste nicht, welcher er ... er ... nun ... vertrauen sollte.

„Können wir nicht das Thema wechseln?", hätte er am liebsten gefragt, doch wegen Itzels bedeutsamem Gesichtsausdruck wagte er das nicht. Also versuchte er, sie abzulenken, zeigte auf ihre goldene Schale mit den kleinen tanzenden Flammen darin und fragte höflich: „Kannst du mir sagen, was das wird?"

Itzel seufzte enttäuscht. Sie hatte gehofft, in diesem sturen Dschinn etwas Glauben an andere zu wecken. Doch das war anscheinend aussichtslos. Also gab sie ihr Vorhaben erst einmal auf und kniete sich stattdessen wieder auf den Boden vor ihre Schale.

„Gib acht, mein Guter", forderte sie Argus auf.

Itzel streute die Kräuter, die sie noch in der Hand hielt, in die Schale, worauf sich ein Rauch bildete, wie Argus ihn bereits aus dem Maya-Tempel kannte. Eine farbenfrohe Wolke entstieg langsam der Schale, verdichtete sich schnell, wurde immer voller und größer

und begann schließlich, sich um sich selbst zu drehen. Schnell und schneller, bis die Wolke sich von der Schale löste und auf Argus zuflog.

„Itzel! Was soll das?", rief er wütend. Er wusste nicht, was hier vorging, und ärgerte sich über sich selbst, dass er Itzel gegenüber nicht noch misstrauischer geblieben war. Nun würde sie ihn wahrscheinlich mit diesem Rauch in irgendein kunterbuntes Tier verwandeln oder ihn auf den Jupiter schießen oder ...

„Hab Vertrauen", rief Itzel ihm zu. „Hab einmal im Leben Vertrauen zu einem anderen Menschen, Argus! Nur dieses eine Mal!"

„Ich ..." Darauf fand Argus keine Antwort. Er suchte verzweifelt in seinem Kopf nach einem Gegenzauber, hielt dann aber plötzlich inne. Denn vor seinen erstaunten Augen teilte sich der wirbelnde bunte Rauch. Die eine Hälfte flog langsam auf Itzel zu, die andere Hälfte auf ihn.

„Was ...?", keuchte er.

„Vertrauen, Argus", antwortete Itzel lächelnd. „Vertrauen!"

Aber Argus wollte nichts und niemandem vertrauen. Er wollte davonlaufen oder diesen farbigen Rauch wegzaubern oder ...
Doch die Wolke hatte ihn bereits umhüllt, und alles um Argus wurde so kunterbunt und verdreht, dass er sich nicht mehr wehren konnte. Was immer nun geschah, ließ sich nicht mehr verhindern.

UNTERWEGS

Argus kam es vor, als hätte es Monate gedauert, bis sich das wirre Farbspiel um ihn herum endlich legte. Er hätte nicht sagen können, wie viel Zeit er wirklich in dieser kunterbunten Rauchwolke verbracht hatte, kam aber nicht dazu, sich weiter Gedanken darüber zu machen, da ihn jemand ansprach.

„Nun, Argus, wie hat dir das gefallen?“ Itzel stand an seiner Seite. Um sie herum wirbelten ein paar bunte Wolkenkleckse, genau wie um ihn selbst. Doch auch diese Reste ihres Zaubers lösten sich rasch auf.

„Was war das?“, erkundigte sich Argus.

„Meine Art, durch Raum und Zeit zu reisen“, antwortete sie stolz. „Hat es dir gefallen?“

Argus stutzte. Tatsächlich fühlte er sich besser als nach seinen eigenen Zeitreisen. Keine Spur von Übelkeit. Kein Drang, sich übergeben zu müssen. Doch das hätte er Itzel gegenüber niemals zugegeben. Vor allem, weil es ihm trotzdem nicht besonders gut ging. Allerdings kam das Unwohlsein nicht aus seinem Inneren, sondern es umgab ihn. Es war Kälte. Eine fürchterliche Kälte und ...

„Oh nein!“ Argus blickte sich um – und war sofort angewidert und erbost. Warum nur musste er dauernd an Orten landen, die er nicht mochte? Wieso war er immer wieder gezwungen, seine geliebte Wüste zu verlassen? Die geliebte Hitze. Die geliebte Sonne. Den geliebten Sand und die geliebten Geräusche blökender Kamele und schreiender Markthändler.

Das war seine Welt. Aber bestimmt nicht dies hier: graue Steilküsten unter grauen Wolkenmassen, peitschende eisige Winde, die sich beißend ihren Weg unter seine Kleidung suchten, turmhohe Wellen, die laut tosend übereinander herfielen, um vereint krachend gegen die Felsenküste zu schlagen.

Itzel fiel Argus' Unbehagen natürlich auf und normalerweise würde er ihr leidtun. Doch nach allem, was er ihr in der Vergangenheit angetan hatte, empfand sie diesen Moment wie eine kleine Rache und kostete ihn aus. Aber nur kurz, dann tat er ihr doch ein wenig leid.

„Du möchtest nicht hier sein, oder?", fragte sie ihn mitfühlend.

„Ach ...", seufzte Argus, während er sich den Turban auf dem Kopf festhielt, um zu verhindern, dass der Sturm ihn davontrug. „Als ob das noch eine Rolle spielt. Bitte sag mir einfach, was wir hier tun."

„Iskhuros aufsuchen", lautete die knappe Antwort.

Argus blickte sich um. „Verstehe. Aber ich sehe kein Haus, keine Hütte, keine Burg, kein Schloss. Nicht einmal eine Höhle, Grube oder ein Baumhaus oder einen Felsenspalt oder ..."

Itzel lachte. „Und dabei siehst du schon die ganze Zeit auf sein Zuhause."

„Tu ich das? Lebt er in den Wolken oder im Wind? Was sind überhaupt seine Fähigkeiten?"

„Ich könnte es dir erklären“, erwiderte Itzel. „Aber ich zeige dir lieber alle Antworten auf deine Fragen.“ Sie zwinkerte ihm zu, dann gab sie ihm einen Stoß. Argus kippte vornüber.

„He!“

Er wurde in die Tiefe gezogen, fiel die lange Felsenküste hinab, ruderte mit den Armen und verfluchte Itzel. Doch dann bemerkte er, dass sie neben ihm abgesprungen war und ihn auf seinem Flug in die Tiefe begleitete. Das beruhigte Argus nur ein bisschen.

Sie erreichten die Meeresoberfläche, tauchten ein und wurden von den Wassermassen in die Tiefe gezogen.

„Wir sehen wahrscheinlich aus wie ein Schulausflug“, knurrte Alex, als er hinter sich blickte und auf Sahli, die Zwillinge und Charda sah.

Sie alle waren in ihre Sorgen und Gedanken vertieft. Bis auf Sally. Sie hielt ihr Handy ans Ohr und sprach mit Alex' Mutter: „Ja, Marianne ... Klar, Marianne ... Nein, Marianne, wir gehen Oma Ilse nicht auf die

Nerven. Nein, wir helfen auch im Haushalt ... Ja, Marianne. Versprochen. Ilse und Aurelius freuen sich wirklich. Und dann kommen wir am Sonntag mit den Fahrrädern wieder zurück, ja? Deal?“
Sie schwieg eine Weile, und Alex ahnte, warum. Sicher spulte seine Mutter jetzt zum zweiten Mal alle Ratschläge und Ermahnungen herunter. Seine Vermutung bestätigte sich, als Sally sagte: „Klar, Marianne. Hab ich doch gesagt. *Yes, sure.* Bitte grüß Daddy von uns allen hier, ja?“ Danach rasten ihre Finger so schnell zum roten Punkt auf dem Handy-Display, wie sie nur konnten, um das Gespräch zu beenden.
„Wow!“, stieß sie hervor. „Deine Mum ist schon ein bisschen ... anstrengend, Alex.“
„Sind das nicht alle Mums?“, warf Liv ein, noch bevor Alex antworten konnte.
Er zog eine Grimasse und sagte: „Und das klang doch, als wäre sie guter Laune. Wenn sie gestresst oder sauer ist, dauern diese Gespräche doppelt so lange.“
„Ich weiß“, gab Sally zurück und verdrehte gespielt die Augen.

Inzwischen hatten sie das Ortsende erreicht und bogen auf den Feldweg ein, der zu einer kleinen Straßenbrücke führten, die sie alle sehr gut kannten.
„Und du hältst das immer noch für die beste Idee?“, fragte Alex, während er auf den Edelstein blickte, den er vorsichtig in beiden Händen hielt.
Sahli nickte und sah seinerseits auf die Zauberkugel, die in der Größe eines Apfels in seinen Händen lag.
„Wir müssen erfahren, wo sich Argus aufhält. Oder ihn zumindest bei allem stören, was er vielleicht gerade vorbereitet. Aber du warst ja dabei und hast gesehen, dass ich seinen magischen Stein vorhin auf dem Dachboden nicht aktivieren konnte. Ich glaube, das liegt daran, dass er inzwischen zu schwach ist. Vermutlich trägt er kaum noch Magie von Argus in sich.“
„Verstehe. Und du glaubst, unter der Brücke ist das anders?“
„Bestimmt. Dort vermute ich noch einen Rest von Argus’ Magie. Denn da hat er sich anfangs vor uns versteckt. Von dort ist er mehrmals zu seinen Zeitreisen aufgebrochen – und wieder zu Kräften

gekommen, nachdem Charda ihn aus unserem Haus befreit hat."

„Dumme, dumme Charda. Wie konnte sie nur so blöd sein und auf seine verlogenen Worte hören?", erklang es hinter ihm geknickt.

Sally legte einen Arm um Charda. „Mach dir keine Vorwürfe", bat sie. „Argus hat uns alle getäuscht. Immer und immer wieder."

„Außerdem hattest du Hunderte von Jahren geschlafen", ergänzte Liv. „Du konntest ja nicht ahnen, was sich in all der langen Zeit getan hat."

Charda freute sich über den Beistand der Mädchen, ärgerte sich aber dennoch weiter über sich selbst. „Es bleibt dabei: dumme, dumme Charda", murmelte sie vor sich hin.

„Du willst also Kontakt zu ihm aufnehmen?", hakte Alex bei Sahli nach.

„Ja. Entweder finden wir heraus, wo er ist, oder wir rufen ihn hierher. Wir müssen ihn hervorlocken wie eine Maus aus ihrem Versteck. Wer weiß, was er sonst alles vorbereitet - dort, wo er jetzt ist."

Sie hatten die Brücke erreicht. Charda sah sich um. Ihr Gesicht spiegelte immer noch ihre Wut auf sich selbst darüber wider, dass sie auf Argus' Lügen hereingefallen war.

Sie atmete tief ein. „Ja, Sahli hat recht. Charda kann es spüren: Noch immer existieren hier Reste von Argus' Magie."

Ihre Worte beflügelten Alex. „Dann war es doch eine gute Idee, Sahli! Lass uns anfangen, ja?"

Er kniete sich auf den Boden und legte Argus' Edelstein vor sich ab. Dabei flammte in ihm eine Erinnerung auf – vermutlich ähnlich wie gerade bei Charda. Doch Alex dachte in diesem Moment nicht an Argus. Er sah vor seinem inneren Auge wieder den mächtigen Dinosaurier, aus dessen Gebiss sie den Edelstein gerettet hatten. Und wieder einmal lief es ihm kalt über den Rücken bei dem Gedanken an alles, was er erlebt hatte, seit er Sahli aus der goldenen Kugel

gerettet hatte. Sein Leben war ein anderes geworden. Doch bei aller Gefahr, in die sie immer wieder gerieten: Er hätte niemals zurücktauschen wollen.

Sahli kniete sich neben ihn und setzte die Zauberkugel direkt neben dem Edelstein ab. Auch Sally, Liv und Charda setzten sich zu ihnen auf den Boden. Sie bildeten einen Kreis. Einen Kreis der Hoffenden und gleichzeitig Zweifelnden.

„Daumen sind gedrückt!", sagte Liv.

„*Wish you luck*", bekräftigte Sally.

Sahli schloss die Augen. Er konzentrierte sich auf die Kugel und den Edelstein.

Im selben Moment schloss Charda die Augen. Sie konzentrierte sich auf Sahli und versuchte, seine Kräfte mit ihrer Magie zu unterstützen.

Alex, Liv und Sally hätten die Augen auf keinen Fall geschlossen. Zu groß war die Anspannung vor dem, was hier gleich geschehen konnte.

Die Zauberkugel begann, zu leuchten und zu vibrieren. Alex hielt das für ein gutes Zeichen.

Und tatsächlich regte sich kurz darauf etwas. Es war

wie ein winziges Aufflackern des Edelsteins. Geradeso, als habe jemand ein Streichholz entzündet, das aber sofort wieder erlosch. Der Edelstein hellte sich auf und verglühte gleich wieder.

Nun erwachte in Alex tatsächlich Hoffnung. „Noch einmal, Sahli“, flüsterte er ergriffen. „Es tut sich was.“

Sahli und Charda verstärkten ihre Konzentration. Erneut glühte der Stein auf, erlosch aber unmittelbar darauf wieder. Als sich dieser Vorgang ein drittes Mal wiederholte, erlosch nicht nur das Licht in dem Stein, sondern auch Alex’ Hoffnung.

„Was ist los, Sahli?“, fragte er.

Sahli blickte Alex verwirrt an. „Das war merkwürdig“, meinte er.

Charda nickte. „Auch Charda kann nicht verstehen, was da gerade geschehen ist.“

„Was ist denn geschehen?“, fragten Liv und Sally wie aus einem Mund.

Sahli versuchte, seine Gedanken zu ordnen. „Ich hatte Argus gefunden. Ganz bestimmt.“

Charda nickte erneut. „Es war auch für Charda zu

spüren. Als hätte Sahli meinen Bruder angestoßen. Mit einem Finger."

„Und dann?" Alex rückte näher an Sahli heran.

„Dann wurde er mir entzogen."

„Du meinst, Argus hat sich dir entzogen", verbesserte Alex seinen Freund.

Sahli blickte zu ihm auf und umfasste seinen Arm. „Nein, Alex. Versteh mich richtig: Er wurde mir entzogen. Eindeutig. Ich kenne ja das Gefühl, das in mir entsteht, wenn Argus sich meiner Magie entzieht. Doch das hier war etwas ganz anderes. Er wurde mir entzogen."

Alex schüttelte den Kopf. „Ich verstehe das nicht. Was bedeutet es?"

Sahli überlegte noch, wie er es formulieren sollte, als Charda ihm die Antwort abnahm. „Argus ist in diesem Moment völlig ohne Magie", erklärte sie und die letzten beiden Worte hallten vom Inneren des Straßentunnels als Echo wider: „Ohne Magie ... ohne Magie ... ohne Magie."

Normalerweise wären sie auf allen vieren gelaufen, gesprungen, gehuscht oder geflitzt. Jetzt aber, in ihrer menschlichen Gestalt, mussten sich Bim, Kadabra und Baklebrud mit zwei Beinen begnügen. Und das gefiel allen dreien nicht.

„Wie gern würde ich jetzt flitzen und hechten", sagte Kadabra. „Auf vier Pfoten könnten wir viel schneller herausfinden, wo sich Calvin und seine Clique aufhalten."

„Blöder Job", fauchte Baklebrud. „Leute suchen, die man nicht mag, um sie in Gespräche zu verwickeln, die man nicht möchte ..."

„... aber um Leute zu schützen, die einem wichtig und lieb sind", warf Bim ein.

Baklebrud nickte. „Ja, so gesehen stimmt das schon. Aber habt ihr verstanden, worum es hier genau geht?"

Kadabra blieb stehen, um besser nachdenken zu können. Die beiden anderen taten es ihr nach und sahen sie interessiert an. „Also ...", begann Kadabra, „vorhin war Sahli auf dem Dachboden und hat versucht, Kontakt zu Argus aufzunehmen. Über

Argus' Edelstein, den Alex aus einem Dinosauriermaul gerettet hat."

„Schon das klingt völlig verdreht", meinte Baklebrud, aber Kadabra ließ sich nicht ablenken.

„Sahli möchte herausfinden, wo Argus steckt oder was er vorhat", erklärte sie weiter. „Und darum sind die anderen jetzt unterwegs, um ..."

Eine schrille Stimme unterbrach Kadabras Gedanken und Überlegungen.

„Ach, ne! Guck an!", erklang es hinter ihnen. „Wer zieht denn hier durch die Ortschaft? Macht der städtische Deppenverein seinen jährlichen Ausflug?"

Noch bevor Bim, Kadabra und Baklebrud sich umdrehten, wussten sie, dass es Calvin war.

„Liv hatte also recht", flüsterte Bim ihren Freunden zu. „Calvin hält sich meistens am Bahnhof auf."

„Das ist aber nicht der gesamte Verein. Da fehlen doch die beiden Zicken", setzte einer von Calvins Freunden nach.

„Dafür ist der Oberblödmann wieder dabei", rief Calvin und zeigte auf Bim, die in Alex' Gestalt vor ihm stand. „Bist du wieder zurück von da, wo du hingegangen bist?"

„Wir haben dich beim letzten Treffen vermisst", ergänzte Calvins Freund.

Bim wusste, wer das war. Boris. Sally hatte es ihm erklärt. Er war wohl so etwas wie der zweite Chef in Calvins Bande. Die anderen Jungs, die bei ihnen standen, kannten weder Liv noch Sally. Aber das sei auch nicht wichtig, hatte Sally gesagt. Diese Mitläufer wurden ohnehin dauernd ausgetauscht. Nur Calvin und Boris waren wirklich gefährlich für sie.

Bim drückte ihren Alex-Rücken durch. Den ersten Teil von Alex' Plan hatten sie erfüllt. Sie hatten Calvin und seine Gang gefunden. Nun galt es, sie möglichst lange hinzuhalten, damit sie nicht dem echten Alex über den Weg liefen.

Calvin hatte irgendeinen Verdacht geschöpft. Er wusste zwar nicht, was hier vor sich ging, war aber fest entschlossen, es herauszufinden.

Bim baute sich vor ihm auf, so wie neulich auf dem Schulhof.

„Ist was?", fragte sie knapp.
Calvin verengte die Augen zu dünnen Schlitzen. „Das wüsste ich auch gern", schnarrte er. „Also, ob da was ist. Denn da ist nämlich was, da bin ich mir sicher. Und ich will wissen, was das ist, was da ist."
„Schön formuliert", befand Kadabra und stellte sich zusammen mit Baklebrud hinter Bim. „Und jetzt lasst uns einfach in Ruhe."
„Ihr wollt es ruhig haben?", gab Calvin schroff zurück. „Gemütlich und ruhig?" Die Schärfe in seiner Stimme nahm zu. „So ruhig und gemütlich wie in einem Kino?"
„Ich verstehe nicht, was du meinst", erwiderte Bim.
„Ha!" Calvin schrie so laut, dass seine Stimme die Luft schnitt. „Ist klar! Ist vollkommen klar."
„Vollkommen!", brüllte Boris.
„Klar!", rief einer der bisher schweigenden anderen Jungen.
Bim tat weiter, als verstehe sie nichts. „Ihr wart also im Kino?", erkundigte sie sich.
Calvin trat so nahe zu ihr, dass sich ihre Jacken

berührten. „Du weißt genau, wovon wir sprechen!“
Er zischte nun. „Ganz genau. Und es ist klar, dass wir Rache wollen.“
Bim trat zwei Schritte zurück, weil sie es kaum ertrug, Calvin so nahe vor sich zu haben.
„Wenn dir der Film nicht gefallen hat, dann schreib doch eine schlechte Rezension bei Google!“, schlug sie vor und war überrascht, dass Calvin sie dafür nicht angriff.
Tatsächlich geschah mit einem Mal etwas sehr Merkwürdiges mit Calvin. Und offenbar fiel das nicht nur Bim auf. Auch Kadabra und Baklebrud traten einen Schritt vor, um sich genauer anzusehen, was mit Calvin passierte.
Denn plötzlich grinste er schief. Das war an sich nichts Ungewöhnliches. Das tat er immer wieder. Doch meistens sah er dabei boshaft und gemein aus. Aber jetzt grinste er zufrieden, fast überlegen.
Bim rechnete mit einer fiesen Antwort, einer Gemeinheit, einem Angriff.
Doch Calvin zog sich zurück. Grinsend und ruhig.

Erst da fiel ihr auf, dass auch Boris grinste. Und die anderen auch.
Sie zogen sich gemeinsam zurück. Mit Blick auf Bim, Kadabra und Baklebrud. Und ohne ein weiteres Wort.
„Was geschieht hier?“, flüsterte Bim ihren Freunden zu.
„Keine Ahnung“, gab Baklebrud zurück. Kadabra sagte: „Gruselig. Hätte ich meine richtige Gestalt, dann würde ich jetzt fauchen und einen Buckel machen.“

Tiefer und tiefer zog es Argus und Itzel in die Tiefe. Als ob die Wassermassen die beiden ergriffen hätten, um sie mit sich zu nehmen, weit hinab in die Untiefen des Ozeans.
Der Dschinn hatte anfangs noch versucht, sich zu wehren. Er hatte gestrampelt, gezappelt, versucht, in die Höhe zu schwimmen oder sich tauchend aus dem Sog zu befreien. Doch das alles hatte nichts gebracht. Nichts, außer dass er mit all seiner Zappelei wertvollen Atem vergeudet hatte.

Dazu verspürte er immer wieder ein kurzes Kribbeln in seinem Körper. Geradeso, als versuchte eine magische Macht, nach ihm zu greifen. Argus konnte sich das nicht erklären und musste es zudem ignorieren, da er im Moment zu sehr damit beschäftigt war, zu überleben.

Er strampelte und zappelte erneut in den Fluten. Itzel gab ihm ständig Zeichen, dies zu lassen. Sie trieb völlig ruhig an seiner Seite, was Argus nicht verstand. Hatte sie sich mit einem Zauber umgeben, sodass das Meer ihr nichts anhaben konnte? Und was hatte sie vor? Warum hatte sie ihn mit sich in diese Tiefe gerissen? Wollte sie ihn auf diese Weise loswerden? Sie, die ihm vorhin noch einen langen Vortrag über Vertrauen und Freundschaften gehalten hatte?

Er war wütend. Auf sie und auf sich. Rasend wütend. Seine Wut war beinahe so groß wie seine Ohnmacht, sich gegen den Sog ins Meer zu wehren.

Außerdem war da immer wieder dieses Kribbeln einer fremden magischen Macht in seinem Körper.

Plötzlich allerdings geschah etwas, das Argus vorübergehend alle Wut und alle Verzweiflung vergessen ließ. Über ihm erschien die Silhouette eines Wals. Eines riesigen Wals.

Selbst Argus, der sich kaum mit Wassertieren auskannte, wusste, dass dies ein Blauwal war. Das größte bekannte Säugetier der Erde.

Der enorm große Körper des Tiers zog über Argus hinweg. Und hätte Argus noch Atem gehabt, so hätte es ihm genau in diesem Moment ebendiesen Atem verschlagen. Was für ein überwältigender Anblick!

Nur was nützte ihm dieses beeindruckende Bild noch? Es war vorbei mit ihm. Das spürte Argus. Aller Sauerstoff war aus seinem Körper entwichen. Wenn es Itzels Plan gewesen war, ihn loszuwerden, dann war ihr das gelungen. Dies hier konnte Argus nicht überleben.

Merkwürdig jedoch war, dass Itzel genau wie er weiter in die Tiefe gezogen wurde. Auch ihr Atem musste allmählich aufgebraucht sein. Das ergab alles keinen Sinn für Argus.

Er spürte, wie er erschöpft und schläfrig wurde. Ein Zeichen dafür, dass sein Körper den Sauerstoff vermisste. Bald würde die Ohnmacht einsetzen ...

„Leb wohl, du komplizierte Welt", dachte Argus. „Es war nicht immer leicht, auf dir zu leben, aber dennoch wäre ich gern noch ein Weilchen geblieben. Nur so ein oder zwei weitere Jahrtausende. Doch nun ..."

Er bekam den Gedanken nicht zu Ende gesponnen. Der riesige Blauwal war inzwischen ein Stück unter Argus und Itzel hinabgetaucht. Argus sah, wie das Tier sich im tiefen Wasser so treiben ließ, dass sein Kopf in die Höhe zeigte. Und nicht nur das. Es schien, als bewege sich sein Mund. Ja, Argus meinte zu erkennen, dass der Wal die Lippen spitzte.

„Das bilde ich mir nur ein", sagte Argus sich. „Mein Hirn leidet so unter dem Sauerstoffmangel, dass es sich Dinge einbildet und mir die irrwitzigsten Bilder zeigt."

Trotz alledem musste Argus lächeln. Denn der Wal mit seinen gespitzten Lippen sah schon sehr ulkig aus. Und schließlich passierte etwas, das Argus vollends erstaunte. Aus dem Maul des Wals entwich eine kleine Wasserblase. Eine Blase, die schnell heranwuchs. Als ließe der Wal eine Kaugummiblase entstehen.

Argus hätte gern laut losgelacht, denn dieses Bild war wirklich unglaublich. Bis sich die Blase aus dem Mund des Wals löste, nach oben trieb und Argus' Füße erreichte.

Der Dschinn kam aus dem Staunen nicht mehr heraus. Er sah zu, wie die Blase seine Füße umschloss, dann seine Beine, seinen Oberkörper und zuletzt den Kopf.

Argus ahnte etwas. Er wagte es, einzuatmen. Es gelang. Gierig sog er den Sauerstoff ein, den der Wal ihm in der Blase überlassen hatte. Tiefe, hektische Züge zuerst, doch schnell verstand er, dass er in der Blase sicher war und völlig normal atmen konnte.

Sein Blick fiel auf Itzel, die neben ihm trieb – ebenfalls in einer Blase eingeschlossen, die sie atmen ließ. Sie lachte und winkte Argus zu.

Argus fiel es schwer, ebenfalls zu lachen, doch immerhin brachte er ein Winken zustande. Er atmete

noch einmal tief ein und sah zu, wie der riesige Wal davonschwamm.
Er war unendlich erleichtert. Auch weil dieses Kribbeln fremder Magie in ihm verstummt war.
Doch was das alles sollte, konnte er sich immer noch nicht erklären.

Wieder flammte es in der Zauberkugel auf und wieder erlosch das Licht fast im gleichen Moment.
Alex legte eine Hand auf Sahlis Hand und hinderte ihn so daran, es erneut zu versuchen. „Du hast das jetzt fünf Mal getan“, sagte er zu seinem Freund. „Du scheinst Argus nicht erreichen zu können.“
„Aber ... aber ...“ Sahli war völlig verzweifelt. „Verstehst du nicht, was das alles bedeutet, Alex?“, fragte er.
„Erklär es mir“, bat Alex.
Sahli setzte sich auf und blickte nacheinander Alex, Liv, Sally und Charda in die Augen. „Was immer gerade mit Argus geschieht, wo immer er sich gerade befindet, er ist ohne seine Magie. Das heißt, er ist im Moment nicht gefährlich und nicht mächtig.

Wenn wir jetzt also herausfinden könnten, wo er ist, und ihn aufsuchen könnten, dann hätten wir eine Möglichkeit, das alles zu beenden. Wir könnten diesem ganzen Argus-Wahnsinn ein Ende setzen."

Er sah seine Freunde flehend an. „Versteht ihr, was ich meine? Wir sind gerade sehr nahe daran, Argus endlich zu besiegen. Aber ich kann einfach nicht zu ihm vordringen. Ich kann nicht ..."

Wieder beugte er sich über seine Zauberkugel und konzentrierte sich augenblicklich so sehr, dass ihm der Schweiß auf der Stirn stand. Doch auch dieses Mal zeigte sich nur das kurze Aufflackern in der Kugel, das sofort erstarb.

„Es funktioniert einfach nicht", seufzte Sahli erschöpft. „Es ist so, als hätte Argus nicht nur seine Magie verloren, sondern als hätte sich etwas über ihn gelegt."

„Wie ein Schutz?", fragte Alex.

„Oder wie ein Fluch", antwortete Sahli, der spürte, dass ihn diese Unwissenheit bald in den Wahnsinn treiben würde. „Ich würde so gern normal leben. Ich

möchte wieder mit meinem Drachen Huo über die Wolken fliegen, über Kontinente hinweggleiten und mit Huo Menschen helfen und Kinder retten."
Alex lächelte. „Genau, ein ganz normales Leben, ich verstehe schon. Völlig normal."
Sahli schaute auf und musste kichern. „Du weißt, was ich meine."
„Natürlich. Wir alle möchten, dass Argus endlich aus unserem Leben verschwindet."
„Dann verstehst du auch, dass ich das hier nicht einfach lassen kann", sagte Sahli und richtete all seine Aufmerksamkeit wieder auf die Kugel.
Alex seufzte. Was sollte er tun? Sein Blick wanderte zu Liv und Sally, doch auch die Zwillinge sahen ihn nur ratlos an. Charda zuckte mit den Schultern und gab Alex stumm zu verstehen: „Lass ihn."
Also kniete sich Alex wieder neben Sahli und blickte auf die Kugel. Er machte sich darauf gefasst, das kurze Aufflackern zu sehen, um Sahli erneut zu trösten und aufzubauen.
Zur Überraschung aller flammte aber nicht einmal

mehr der kurze Funken auf. Die Zauberkugel lag dunkel vor ihnen. Ihr Vibrieren zeigte ihnen, dass sie Sahlis Magie aufnahm, doch in ihrem Inneren blieb es finster.

„Nun habe ich ihn ganz verloren“, wisperte Sahli. „Argus ist mir entwischt.“

Auch Alex sank in sich zusammen. „Das ist kein gutes Zeichen.“

„Gar kein gutes Zeichen“, gab Liv ihm recht.

„Absolut gar kein gutes Zeichen“, bestätigte Sally.

Der Blick auf die vollkommen dunkle Kugel verstärkte ihre Befürchtungen nur noch. Das alles hier fühlte sich nicht gut an.

Noch zwei Stunden nach ihrer Begegnung mit Calvin und Boris waren Bim, Kadabra und Baklebrud verwirrt. Inzwischen waren sie zu Hause angekommen. John hatte allen ein Glas Limonade gegeben. Natürlich hätten die drei lieber eine Schale Milch bekommen, aber sie mussten ja ihre Rollen spielen.

Also hatten sie sich höflich bedankt und waren die Treppe hinaufgegangen.

„Aber nicht kleckern!“, hatte John ihnen noch lachend nachgerufen. „Ich möchte nicht bekommen *trouble with* Marianne.“

Nun saßen sie in Alex’ Zimmer, schlürften vorsichtig ihre Limonaden und versuchten einzuordnen, was sie gerade erlebt hatten.

„Sein Grinsen war gruselig“, sagte Bim und schüttelte sich bei der Erinnerung.

„Das ist es immer“, warf Baklebrud ein.

„Aber jetzt war es obergruselig“, beharrte Bim.

„Warum ist er auf einmal gegangen und hat uns nicht weiter bedroht, wie er es sonst immer tut?“

„Verstehe ich auch nicht“, meinte Kadabra.

„Vielleicht ...“

Bim hob eine Hand und brachte ihre Freundin damit zum Schweigen. „Moment!“

Sie hatte etwas gehört. Ganz leise nur. Außerdem war da ein Brummeln gewesen. Sehr kurz und ebenfalls sehr leise. Leise und brummelig wie ... wie ...

„Das glaube ich jetzt nicht!“, stieß Bim aus. Sie drehte den Kopf und traute ihren Augen kaum. Jetzt war ihr alles klar, und sie wusste, was hier vor sich ging. Bim war stinksauer.

EINGENOMMEN VON UNBÄNDIGER MAGIE

Itzel lächelte Argus noch immer zu, von Sauerstoffblase zu Sauerstoffblase. Und wenn Argus auch nicht verstehen konnte, was sie ihm zurief, so konnte er doch immerhin ihre Blicke deuten. „Vertraust du mir jetzt?“, sagten ihre Blicke aus. Tief in sich spürte Argus tatsächlich, dass sich so etwas wie eine Vertrautheit einstellte. Er wusste noch immer nicht, was dies alles zu bedeuten hatte, aber es fiel ihm schwer, sein Misstrauen gegenüber Itzel aufrechtzuerhalten.

Allerdings wehrte er sich dagegen. Er wollte niemandem vertrauen. Das hatte er noch nie getan.

Er war immer übervorsichtig gewesen, und das hatte ihn in die hohe Position gebracht, die er so lange Zeit in der magischen Welt innegehabt hatte. Bis Sahli gekommen war. Dieser dreimal verflixte Junge. Bei ihm hatte Argus alle Vorsicht vergessen – weil Sahli ein Kind gewesen war. Weil Argus ihm nichts zugetraut hatte. Weil Argus sich für mächtig und unangreifbar gehalten hatte. Nur so hatte er Sahli auf den Leim gehen können, damals, auf diesem Marktplatz, in dieser Stadt.

Genau das durfte nie wieder geschehen. Und darum weigerte sich Argus, anderen zu vertrauen. Er traute niemandem. Auch nicht Itzel.

All diese Gedanken gingen ihm durch den Kopf, während er vergeblich versuchte, ihr ein freundliches Lächeln zurückzuschicken. Doch an ihrer Reaktion merkte er, dass sie ihm dieses Lächeln nicht glaubte. Allerdings war das momentan nicht entscheidend. Denn Itzel streckte plötzlich ihren rechten Arm hervor und wies in einer weit ausholenden Geste nach unten. Argus verstand, dass sie ihm etwas Bedeutsames

zeigen wollte. Also senkte er den Kopf, blickte in die Tiefe und riss vor Erstaunen die Augen auf.
Er hätte mit allem gerechnet hier in diesem Meer, aber niemals mit einer riesigen Stadt, die sich weit über den Meeresboden ausbreitete. Es war eine antike Stadt mit zahllosen Häusern, die sich entlang der alten Straßen reihten. Viele waren zerstört, und die übrigen sahen aus, als würden sie tief schlafen. Mehrere Türme schienen diesen außergewöhnlichen Schlaf zu bewachen. Doch die meisten von ihnen wirkten selbst eher wie kraftlose, ermüdete Wächter.
Alle Gebäude waren von Algen und Korallen überwuchert. Fische tummelten sich zwischen den Wänden und schwammen über die einstigen Straßen hinweg. Es war ein kunterbuntes Treiben, das Argus völlig faszinierte.
Haie tauchten durch glaslose Fenster in die Häuser hinein und kamen zu ihren Türen wieder heraus.
Das alles wirkte sehr friedlich und er empfand es als wunderschön. In ihm regte sich ein Gefühl, das er schon lange nicht mehr gespürt hatte: Er war gerührt.

Er mochte diesen farbenfrohen Anblick und das verspielte Tanzen der Meeresbewohner zwischen den Häusern. Er fühlte so etwas wie ...
„Glück", flüsterte er. Doch schon im nächsten Moment riss er sich zusammen und verbot sich das Gefühl.
„Was ist denn in dich gefahren?", herrschte er sich selbst an. „Du bist ein Mensch der Wüste. Ein Sohn von Sand und Sonne. Und jetzt lässt du dich einlullen von diesem patschnassen Anblick. Reiß dich zusammen, Argus. Sei auf der Hut. Du wirst immer unvorsichtiger!"
Etwas lenkte seine Aufmerksamkeit ab. Itzel in ihrer Blase winkte ihm wieder zu. Argus riss sich von dem Anblick der versunkenen Stadt los, hob den Kopf und sah sie an.
Sie breitete die Arme aus. Ihr Blick schien zu fragen: „Na, wie gefällt dir das, was du siehst?"
Argus besann sich. Er wollte Itzel keineswegs seine Gefühle offenbaren, und so deutete er eine Geste an, die besagte: „Es ist nicht schlecht."

Itzel lachte. Sie durchschaute Argus jedes Mal. Er konnte ihr nichts vormachen, schien das selbst aber nicht zu bemerken.
Sie unternahm einen weiteren Versuch, ihn zu einer sichtbaren Gefühlsregung zu bewegen, zeigte noch einmal nach unten und formte mit ihren Lippen ein Wort.
Argus stand ihr in seiner Blase gegenüber, während sie beide weiter und weiter durch die Tiefen des Meeres auf die versunkene Stadt zu schwebten. Er verstand, dass sie ihm etwas sagen wollte, hatte das Wort aber nicht von ihren Lippen ablesen können.
Itzel versuchte es ein zweites Mal. Und ein drittes Mal. Beim vierten Mal schien es geklappt zu haben, denn Argus riss nicht nur die Augen auf, auch sein Mund weitete sich und die Augenbrauen hoben sich nach oben, sodass das gesamte Dschinngesicht Überraschung ausdrückte.
Itzel lachte fröhlich. Da hatte sie die Gefühlsregung, die sie sich gewünscht hatte. Und nicht nur das. Sie konnte Argus beinahe hören, so deutlich kam ihm

sein fassungsloser Satz über die Lippen. „Ist das wirklich Atlantis?“, fragte er. Itzel nickte nur, während Argus den Blick erneut senkte, zu der versunkenen Stadt hinabnickte und für sich hauchte: „Atlantis!“

Kadabra und Baklebrud blickten Bim völlig verblüfft an. Da Bim die Hand vor den Mund hielt und die beiden damit aufforderte zu schweigen, sagten sie keinen Ton. Aber sie wunderten sich schon über Bims Gesichtsausdruck. Oder besser gesagt: über all ihre Gesichtsausdrücke. Anfangs war sie überrascht gewesen. Dann wütend. Dann rasend wütend, dann plötzlich entspannt, und jetzt schaute sie ihre Freunde mit einem Blick an, der vielversprechender nicht sein konnte.

Daher wagte Kadabra es irgendwann doch, Bim anzusprechen, und fragte sie leise: „Was ist?“

Bim dachte noch einen Moment nach. Man sah ihr an, dass sie in Gedanken eine Idee durchging. Plötzlich strahlte ihr Gesicht so, dass Kadabra und Baklebrud wussten: Bim hielt ihre Idee schlicht für genial.

„Wisst ihr was?“, eröffnete sie plötzlich ein Gespräch und nahm endlich die Hand herunter. „Wichtig ist doch nur, dass Calvin und seine Clique noch immer nicht hinter unser Geheimnis gekommen sind.“

Baklebrud und Kadabra starrten sie verständnislos an. Doch Bim zwinkerte ihnen verschwörerisch zu und schließlich spielten die beiden mit.

„Äh ... ja, genau!“, gab Kadabra ihr anscheinend recht. „Das ist super.“

„Total super“, stimmte Baklebrud ein.

„Stellt euch nur mal vor ...“, fuhr Bim fort. „Stellt euch nur mal vor, er hätte herausbekommen, was heute Abend passiert.“

„Ja, du meine Güte“, sagte Kadabra vage und Baklebrud tat es ihr nach. „Von meiner Güte gar nicht zu sprechen.“

Bim machte munter weiter: „Ich wette, er wäre hier mit seiner Bande aufgekreuzt. Wahrscheinlich um kurz vor neun.“

„Kurz vor neun!“, wiederholte Kadabra, noch immer verwirrt und ohne Plan.

„Genau! Um kurz vor neun. Genau dann, wenn es passieren wird. Oben in Alex' Zimmer. Wenn Marianne und John Besuch haben und nichts ahnen. So, wie wir das geplant hatten. Damit wir das alles in Ruhe durchziehen können. Und dann wären sie vorbeigekommen, Calvin und seine Jungs. Nicht auszudenken!"

„Unvorstellbar!", rief Kadabra.

„Eine Katastrophe!", befand Baklebrud.

„Eben", bestätigte Bim. „Sie würden unser streng gehütetes Geheimnis aufdecken. Und all unsere Vorsicht und alle Manöver der letzten Zeit wären vergebens gewesen."

Bim stellte ihr Glas Limonade zur Seite und wartete, bis die beiden anderen ihrem Beispiel folgten. Dann erhob sie sich mit den Worten: „Ganz schön warm hier im Zimmer, oder?"

Sie zog Alex' Weste aus, die sie schon den ganzen Tag trug, weil sie ohne ihr Mäusefell ständig fror. Sorgfältig legte sie die Weste über Alex' Schreibtischstuhllehne und bedeutete ihren

Freunden, zu ihr zu kommen. Mit dem Kopf deutete Bim auf die linke Tasche der Weste.
Kadabra blickte hinein, Baklebrud blickte hinein und dann zogen die gleichen Ausdrücke über ihre Gesichtszüge wie vorher bei Bim: Überraschung und rasende Wut. Nur die Entspannung stellte sich bei ihnen nicht ein.
Nein, die Wut überwog. Die Wut auf Calvin und über den Grund für sein merkwürdiges Verhalten vorhin. Als Kadabra und Baklebrud nämlich auf das Handydisplay sahen, das ihnen aus Alex' Westentasche entgegenleuchtete, verstanden sie ebenso schnell wie Bim kurz zuvor, was geschehen war. Als Calvin so übertrieben nah an Bim herangerückt war, hatte er sein eingeschaltetes Handy unbemerkt in die Westentasche gleiten lassen. So hatte er sie seit ihrer Verabschiedung von der Gruppe belauschen können. Und nur weil der Akku des Handys beinahe aufgebraucht war und das über das sanfte Brummen und den leisen Piepston vermeldet hatte, war es Bim aufgefallen.

Mit Blick auf das blinkende Batteriesymbol auf dem Display verstanden Kadabra und Baklebrud das alles nun. Alles – bis auf Bims merkwürdige Geheimniskrämerei.

Die bekamen sie erst erklärt, als Bim sie aus dem Zimmer winkte, in dem sie das Handy zurückließen. Die drei verkrümelten sich nach unten ins Wohnzimmer, sodass Calvin sie nicht mehr belauschen konnte. Hier erst erklärte Bim, was genau ihr Plan war, und sie erntete blanke Begeisterung.

„Bim, du bist genial!“, riefen Kadabra und Baklebrud gleichzeitig aus, nachdem Bim sie eingeweiht hatte. Und Bim freute sich dermaßen über dieses Lob, dass sie noch mehr strahlte als das Handydisplay in Alex’ Westentasche.

Die Sauerstoffblasen setzten Itzel und Argus sanft und sachte auf dem Boden ab. Die beiden standen nun inmitten der Häuser der versunkenen Stadt. Die Korallen und Fische waren aus der Nähe ebenso beeindruckend und wunderschön wie aus der Ferne.

Argus hätte gern seine Hände ausgestreckt, um das alles zu berühren, doch die Blase gab ihn nicht frei. Er schaute zu Itzel, die sich ebenfalls begeistert umschaute, aber augenscheinlich kein Problem damit hatte, in der Blase festzustecken. Im Gegenteil, sie genoss sichtlich die Ruhe darin und den Anblick um sie herum.

Argus wurde unruhig. Er hatte keine Lust und keine Geduld, hier am Meeresgrund herumzustehen und nichts zu tun. Er wollte mit Itzel sprechen. Wollte wissen, was das alles sollte und was sie hier taten. Wütend trat er gegen die Wand der Blase, die darauf kurz waberte und die Wassermassen um sich herum in Bewegung brachte. Doch mehr geschah nicht.

In Argus wuchs sein Misstrauen. War dies vielleicht ein Gefängnis und er in einer dünnhäutigen Kugel gefangen? Hatte man ihn eingesperrt, so wie er einst Sahli in eine goldene Kugel eingeschlossen hatte?

Er schüttelte den Kopf. „Das ist Unsinn“, sprach er sich selbst Mut zu und blickte zu Itzel. Warum sollte man sie auch hier festhalten?

Ein Gedanke schoss ihm durch den Kopf. Bis zu diesem Zeitpunkt war er davon ausgegangen, dass Itzel etwas gegen ihn plante und durchführen könnte. Doch was, wenn ...?

Es lief ihm eiskalt über den Rücken.

Wenn ...?

Er wollte diesen Gedanken nicht zu Ende denken.

Wenn ...?

Doch sein Gehirn drängte ihm den Gedanken förmlich auf und Argus hörte sich selbst laut sagen: „Was, wenn Sahli hinter alldem steckt? Was, wenn er Itzel und mich ins Meer gezaubert hat? Womöglich will er uns hier unten verrotten lassen. Völlig vergessene Magier in dieser längst vergessenen Stadt."

Aus dieser Erkenntnis entstand unsägliche Wut. Alles in Argus schäumte.

„Das lasse ich mir nicht bieten!", schrie er und trat noch einmal gegen die Innenwand seiner Sauerstoffblase. In seinen Fingern kribbelte es. Er würde sich jetzt freizaubern. Zurück nach Hause in seine Wüste und sein Versteck unter der Erde.

Er wollte nicht warten und er wollte Itzel nicht vertrauen. Er wollte hier raus. Jetzt. Gleich. Sofort. Itzel winkte ihm aufgeregt zu. Sie hatte natürlich gesehen, wie Argus gegen die Wand getreten hatte. Sie bemerkte, dass er vor Wut raste, und wollte ihm wieder etwas mitteilen. Doch Argus achtete nicht darauf. Sein Entschluss stand fest.

Er sammelte seine Kräfte, bündelte sie in seinem Inneren und lenkte alle Konzentration auf seinen Wunsch, nach Hause zu gelangen.

Aber nichts geschah.

Nichts.

Gerade wollte er ein zweites Mal ansetzen, als ihn etwas ablenkte. Zu seiner Linken, in der algenüberwucherten Straße von Atlantis, regte sich etwas. Das hatte er vermutlich schon registriert, als er seinen Zauber ausführen wollte. Und es hatte ihn gewiss so abgelenkt, dass er seine Magie nicht ausführen konnte.

Argus wandte den Kopf in die Richtung, aus der die Störung kam, und er staunte verblüfft. Das war kein

Fisch, der da auf Itzel und ihn zukam. Auch kein Hai oder Wal oder ein anderes Meerestier.
Es war ein Mensch. Ein Mann. Muskelbepackt, mit langen grünen algenartigen Haaren und einem ebenso langen Bart, der ihm bis weit über die Brust reichte. Seine Beinkleider waren ebenfalls aus Algen geformt. In einer Hand trug er einen langen Stab aus Eisen, der wie ein Segelmast aussah. Das Wichtigste aber war: Dieser Mann steckte nicht in einer Sauerstoffblase. Er bewegte sich völlig frei im Meer und innerhalb der Mauern und Gebäude von Atlantis.
Argus wusste nicht, wie er reagieren sollte. Also wartete er erst einmal ab und beobachtete den Riesen, der grüßend an dem Dschinn vorbeiging, sich tief vor Itzel verbeugte und sich dann zu seiner vollen Größe erhob. Er streckte den Arm mit dem Stab in die Höhe, ballte mit der freien Hand eine Faust und stieß auch sie nach oben.
Augenblicklich geriet das Meer um sie herum in Bewegung. Aus dem Stab schoss Luft in die Wassermengen. Luft, die sich erst um den Riesen

ausbreitete und schließlich Itzels und Argus' Sauerstoffblasen umfing.
Argus beobachtete das alles voller Anspannung.
Der Riese entspannte sich, drehte sich zu Itzel um und ging auf ihre Sauerstoffblase zu. Er berührte die Außenwand mit seinem Stab, woraufhin sich die Blase langsam auflöste.
Argus erschrak. Er befürchtete, dass Itzel ertrinken könnte. Sie allerdings lachte nur und blickte auf den Riesen.
Der verbeugte sich abermals tief vor Itzel und hielt ihr die Hand zum Gruß hin.
Die Hohepriesterin ergriff seine Hand und verneigte sich ebenfalls.
Die beiden sprachen miteinander, doch Argus konnte sie durch die Wand seiner Sauerstoffblase nicht hören. Das machte ihn wahnsinnig. Nicht nur verstand er kaum, was hier vor sich ging, nun war er auch noch ausgeschlossen.
Aber schon nach wenigen Augenblicken drehte sich der Riese zu Argus um und berührte auch seine Blase.

Auch sie entschwand, und Argus wagte es, vorsichtig einzuatmen. Es gelang. Was immer dieser riesige Mann für einen Zauber ausführte, er funktionierte. Itzel und Argus konnten in Atlantis stehen wie in einer Stadt auf der Erdoberfläche. Sie konnten atmen, sprechen und sich frei bewegen.

Der Riese verbeugte sich nun auch vor Argus und der Dschinn tat es ihm nach.

„Iskhuros", stellte sich der Riese vor. Seine Stimme klang, als würde er in eine Muschel hineinsprechen. „Ich freue mich, dich kennenzulernen, Argus. Itzel hat mir schon von dir berichtet."

ÜBERRASCHUNGEN ALLERORTEN

Es war nicht schwierig gewesen, Marianne die Idee in den Kopf zu setzen, ihren alten Schulkollegen *Plätte* einzuladen.

„Stimmt, John kennt ihn noch gar nicht", hatte sie gesagt, als Bim in Alex' Gestalt sie auf diese Idee gebracht hatte.

„Plätte!", hatte sie gerufen und gelacht. „Weißt du, warum wir ihn immer so genannt haben?"

Kadabra, die mit ihren Freunden in der Küche gestanden hatte, hätte leicht antworten können. Und Bim wäre das auch leichtgefallen, aber das durfte sie ja nun mal nicht.

Denn immer und immer wieder kam Marianne auf ihren alten Klassenkameraden zu sprechen.
So wie auch jetzt: „Er war einer meiner nettesten Mitschüler. Und vor allem derjenige, der zuerst eine Glatze hatte. Deshalb wurde er ja von allen immer Plätte genannt."
Sie kicherte und fuhr fort: „Superzuverlässig und immer freundlich. Schöne Idee von dir, ihn mal wieder einzuladen, Alex", meinte sie fröhlich.
Plätte hieß eigentlich Paul Lobeschmidt. Oder noch richtiger: Oberkommissar Paul Lobeschmidt. Er war einer der bekanntesten Polizisten der Stadt. Das war auch der Grund, warum Bim, Kadabra und Baklebrud ihn hier haben wollten. Heute Abend.
Aber es war natürlich nicht der Grund, warum Marianne ans Telefon gegangen war und ihn spontan eingeladen hatte. Dass er Polizist war, war Marianne egal. Sie mochte es, mit ihm am Tisch zu sitzen und über alte Zeiten zu reden.
Und genau das taten sie nun schon seit über einer Stunde. Sie saßen im Wohnzimmer und erzählten

John eine Geschichte nach der anderen aus ihrer Vergangenheit, während Bim, Kadabra und Baklebrud oben auf den Treppenstufen saßen und lauschten.

„Und das Gesicht des Direktors", hörten sie Mariannes Stimme aus dem Wohnzimmer. „Als du seinen Pausenapfel gegen den Apfel aus Gips ausgetauscht hast, den du im Kunstunterricht gebastelt hattest. Dieses Gesicht werde ich mein Leben lang nicht vergessen."

Sie lachten alle drei.

Marianne lachte am lautesten. „Wenn wir damals jemandem erzählt hätten, dass du einmal Oberkommissar bei der Polizei werden würdest, hätte uns niemand geglaubt!"

„Vor allem ich nicht", gab Plätte zurück und sie lachten noch lauter.

„Oberkommissar Plätte", kicherte Marianne. „Ich mag alles daran."

Wieder erklang Gelächter und die drei Freunde auf der obersten Treppenstufe kicherten leise mit.

Kadabra fühlte sich ein wenig in die Vergangenheit

versetzt. Das Gespräch im Wohnzimmer erinnerte sie an alte Zeiten. Doch jetzt war nicht der Zeitpunkt, irgendwelchen Erinnerungen oder Gedanken nachzuhängen. Sie mussten aufmerksam sein. Alle drei.

Als die Standuhr im Wohnzimmer neun Uhr schlug, flüsterte Bim: „Macht euch bereit. Gleich müsste es so weit sein."

Kadabra wollte ihr antworten, als sie ein Geräusch vernahmen. Jemand machte sich an der Hintertür zu schaffen. Sie hörten flüsternde Stimmen.

„Die ist ja offen, die Tür", wisperte Calvin.

„Tja, Alex und seine Freunde sind eben nicht nur dumm, sondern auch noch dämlich dazu", brummte Boris.

Langsam und vorsichtig öffneten sie die Tür, während Bim, Kadabra und Baklebrud sich auf der obersten Stufe aufrichteten. Bims Nackenhaare stellten sich vor Spannung auf, und sie fragte sich, was wohl in den nächsten Sekunden geschehen würde. In diesem Moment fiel ihr auf, dass sie schon lange keine Vision mehr gehabt hatte. Ihre Zuckungen und die plötzlich auftretenden Flammen in ihrer Nähe waren schon lange ausgeblieben. Ob das mit ihrer Gestalt als Mensch zusammenhing?

Sie ärgerte sich, dass sie sich mit Kadabra nicht darüber austauschen konnte. Die Meinung ihrer wichtigsten Freundin hätte Bim wirklich interessiert. Aber das musste warten. Jetzt war erst einmal Calvin an der Reihe.

Bim verharrte mit ihren Freunden weiter auf der obersten Stufe. Sie hielten die Luft an, lauschten in die Stille und vernahmen die schleichenden Geräusche der beiden Jungs. Sie waren wohl nur zu zweit.

„Nur noch einen Moment", gab Bim kaum hörbar von sich, und Calvin und Boris setzten weiter Fuß um Fuß ins Haus hinein.

„Jetzt!", wisperte Bim und im nächsten Moment gab es erst einen lauten Schlag, dann zerbrach etwas und gleich darauf ertönte ein scheppernder Knall.

„Was ist das?", schrie Marianne aus dem Wohnzimmer, und nur eine Sekunde später kam John

in den Flur gestürzt und schaltete das Licht an, dicht gefolgt von Plätte und Marianne.
Auf dem Flurboden lag eine zerbrochene Vase neben einem uralten Topf. Und mitten in den Vasenscherben standen zwei fremde Jungen mit hochrotem Kopf und entsetzten Gesichtern.
„*Who are you?*“, rief John aufgebracht.
„Und was tut ihr hier?“, rief Oberkommissar Plätte.
„Wie kommen denn die Vase und der Topf in den Flur?“, fragte Marianne.
All diese Fragen hätte Bim leicht beantworten können. Schließlich hatte sie mit Kadabra und Baklebrud die Falle aufgebaut. Und es tat ihr auch wirklich leid um die alte Vase, aber die Sicherheit von Alex, Sahli und den Zwillingen ging nun einmal vor. Darum hatten sie die Vase und den Topf aus dem Keller hochgeschleift und sie vorhin so platziert, dass Calvin und Boris lautstark darüber stolpern mussten.
Oberkommissar Plätte stellte sich zu den Jungen und packte jeden am Arm. „Was schleicht ihr im Dunkeln in diesem Haus herum?“, fragte er in dem

polizistenhaftesten Ton, der ihm gelingen wollte. „Was habt ihr hier zu suchen?“

„Wolltet ihr uns bestehlen?“, fragte Marianne aufgebracht und zeigte auf die Scherben der Vase.

Calvin blickte auf den Boden. „Stehlen? So ein hässliches Ding?“

Oberkommissar Plätte schüttelte ihn am Arm. „Wirst du jetzt auch noch frech?“, schimpfte er.

„Na ja, er hat ja recht. Die Vase ist wirklich hässlich. Sie war ein Geburtstagsgeschenk von meinem Onkel Karli, den ich nicht leiden kann. Das Ding ist noch am selben Tag im Keller verschwunden“, lenkte Marianne ein.

Bim stand noch auf der Treppenstufe und lächelte. Mariannes Worte trösteten sie. Dass Alex’ Mutter die Vase selbst nicht leiden konnte, beruhigte Bims schlechtes Gewissen wegen ihrer Falle.

„Wir sind nicht zum Stehlen hier“, verteidigte sich Boris. „Wir wollen ein Verbrechen verhindern.“

„Verhindern?“, fuhr ihm Plätte dazwischen. „Du meinst wohl, ein Verbrechen begehen!“

„Nein", beharrte Boris. „Verhindern. Oben in einem der Zimmer findet gerade die Vorbereitung auf etwas ganz Großes statt. Etwas Geheimes. Gefährliches."

„What are you talking about?" John trat vor und sah sich den Jungen genau an. „*Something* Gefährliches? Hier, bei uns?"

„Sie müssen mir das glauben!", blieb Boris bei seiner Aussage.

„Woher weißt du denn, dass hier etwas Gefährliches vorbereitet wird?", wollte Plätte wissen.

„Na, Calvin und ich, wir haben ..." Boris verstummte, da Calvin ihm einen finsteren Blick zuwarf.

Einen Blick, der sagte: Verrate ja nichts von dem eingeschmuggelten Handy!

„Ja?", hakte Plätte nach. „Wir hören!"

Boris dachte fieberhaft nach. „Calvin und ich, wir ... also, wir ... Wir können es Ihnen beweisen."

„What? Really?", entfuhr es John.

„Das würde ich gern sehen", meinte Marianne.

„Und ich erst", sagte Plätte. „Beweise interessieren mich immer sehr."

Calvin riss sich von Plätte los. „Dann kommen Sie mit uns. In Alex' Zimmer. Da werden Sie schon sehen!"
„Was werden wir sehen?", fragte Marianne nach.
„Die Beweise!", gab Calvin zurück. „Die Beweise zur Vorbereitung einer fürchterlichen Tat."
Plätte blickte zu Marianne. „Das musst du entscheiden. Ich kann die beiden festnehmen ..."
„Was?", schrie Boris aufgebracht, doch Plätte ging nicht darauf ein, sondern sprach weiter: „Oder aber wir gehen tatsächlich nach oben und schauen uns an, was die Jungs uns zeigen möchten."
„In Ordnung. Schauen wir uns an, was die beiden Jungs uns zeigen und beweisen möchten", entschied Marianne.
„Na, Gott sei Dank", stieß Calvin hervor.
Und Boris setzte schnell ein „Danke" hinterher.

„Bitte!" Sahli sah beinahe flehend zu Charda.
„Du hast so viel Kraft und Magie in dir, Sahli", erwiderte sie. „Wenn du Argus nicht erreichen kannst, dann wird es Charda ebenfalls nicht gelingen."

Sie saßen noch immer alle auf dem Boden unter der Straßenbrücke mit der erstarrten Zauberkugel vor sich. Alex glaubte, weiterhin das Echo unter der Brücke zu hören. „Ohne Magie, ohne Magie!“ Doch das war natürlich Unsinn. Die Worte schienen sich in seinen Gehirnwindungen verfangen zu haben. „Ohne Magie, ohne Magie!“

Er war der gleichen Meinung wie sein Freund. Dies war ein Moment, auf den sie alle gewartet hatten. Ein Moment, in dem sie Argus ergreifen müssten. Er war schon einmal ohne Magie gewesen und damals hatten sie ihn überwältigt. Nun bot sich wieder eine solche Chance, aber sie wussten nicht einmal, ob Argus in der Nähe war oder in der Ferne, auf demselben Kontinent oder auf demselben Planeten. Sie wussten nichts. Außer, dass jetzt der geeignete Augenblick für sie war.

Sahli legte seine Hände auf die von Charda. „Du hast mich wohl falsch verstanden“, sagte er ruhig. „Ich möchte nicht, dass du versuchst, Argus zu finden, sondern dass wir unsere Magie bündeln, um ihn zu suchen.“

Charda lachte auf. „Oh, das hat Charda wirklich nicht verstanden. Aber das ist ein guter Gedanke, Sahli. Charda möchte es gern versuchen.“

Die beiden nickten sich zu, legten beide die Hände auf die Kugel und begannen, sich zu konzentrieren.

Wieder erwachte die Hoffnung in Alex. Er wünschte sich so sehr, dass sie herausfanden, wo Argus sich aufhielt, dass er noch Hunderte Versuche ausgehalten hätte. Und das, obwohl er nicht besonders geduldig war.

„Das will schon was heißen“, flüsterte er für sich.

Liv wandte sich zu ihm. „Was? Was hast du gesagt?“

Alex schreckte auf. Er hatte gar nicht mitbekommen, dass er laut nachgedacht hatte.

„Ach, nichts“, brummelte er. „Ich hoffe einfach, dieses Mal klappt es.“

„Wird schon“, antwortete Liv, und Alex hörte an ihrer Stimme, wie groß auch ihre Hoffnung war.

Sahli und Charda schlossen die Augen und bündelten ihre Gedanken. Gemeinsam gingen sie auf die Suche nach Spuren von Argus’ Magie.

Es dauerte nur wenige Augenblicke, da stieß Alex Liv in die Seite. „Seht ihr das auch?“

Die Zwillinge rissen die Augen auf.

„Ja, es ist anders“, antwortete Liv begeistert.

Und Sally fügte hinzu: *„Really. It’s quite different.“*

Dieses Mal flammte das Licht in der Kugel nicht kurz auf, nur um gleich darauf wieder zu erlöschen. Dieses Mal lief es anders ab. Das Licht erwachte ganz sacht. Zunächst war kaum auszumachen, dass sich die Kugel erhellte. Ein winziger Schimmer war das Erste, was Alex wahrgenommen hatte. Doch schon bei seinem Hieb in Livs Seite nahm der Schimmer an Intensität zu. Aus dem Schimmern wurde ein Glimmen, aus dem Glimmen ein Leuchten. Allerdings ging das sehr langsam vor sich. Es wirkte, als ob das Licht vorsichtig wäre. Oder schüchtern.

Bei diesem Gedanken musste Alex lächeln. Schüchternes Licht? Also, manchmal überraschte er sich selbst mit seinen Gedankengängen!

Aus dem Leuchten wurde ein Strahlen, das sich einige Zeit hielt.

„Dieses Mal gelingt es“, jubelte Sally, und Alex wollte ihr gerade glauben, als das Strahlen sich veränderte. Es geriet in Bewegung.

„Was ist das?“, fragte Liv und beugte sich vor, um alles genauer betrachten zu können.

Auch Sally und Alex beugten sich vor.

Alex versuchte zu verstehen, was da vor sich ging: „Das sieht aus wie ... wie ... wie Wasser?“

„*Water, yes*“, gab Sally ihm recht.

„Aber in der Kugel ist doch gar kein Wasser“, widersprach Liv.

„Aber das Licht darin wirkt, als würde es aus Feuchtigkeit herausleuchten“, entgegnete Alex. Liv fand das eine gute Beschreibung für das, was sie sahen.

Das Leuchten, das aus der Kugel zu ihnen drang, wirkte, als wäre es von Wellen umgeben. Es war gebrochenes Licht - wie in Wasser eingetaucht.

Nur Sahli und Charda schienen davon nichts zu spüren. Sie saßen weiterhin starr vor Konzentration vor der Kugel, ihre Hände fest daraufgepresst.

Liv beugte sich noch ein Stück weiter vor. „Was bedeutet das alles?“, fragte sie beinahe tonlos, als mit einem Mal Wasser aus den Öffnungen der Kugel herausströmte.

Liv, Sally und Alex schreckten zurück. Erst waren es nur dünne Rinnsale, die zu allen Seiten der Kugel flossen, doch dann schwoll das Wasser an und es schossen Fontänen aus der Kugel heraus. Das Wasser spritzte in alle Richtungen und landete platschend auf den Freunden.

„Igitt!“, rief Liv und sprang auf die Beine.

„Damned!“, fluchte Sally und fiel vor Schreck nach hinten.

Alex hielt den Wasserspritzern stand. Sein Blick war auf die Kugel gerichtet, in der Hoffnung, er könnte verstehen, was da vor sich ging.

In diesem Moment rissen Sahli und Charda ihre Hände nach hinten. Sie waren aus der Konzentration erwacht und wunderten sich über den Anblick, der sich ihnen bot: die Wassermengen, die aus der Kugel herausschossen, die Freunde, die völlig durchnässt und verblüfft waren. Auch sie selbst waren triefend nass und völlig verwirrt.
„Alex!“, rief Sahli und suchte den Blick seines Freundes. „Was ist geschehen?“
„Ich verstehe es auch nicht. Plötzlich kamen ...“
Er verstummte. Denn mit einem Mal war es still unter der Brücke. Die Zauberkugel lag völlig ruhig vor ihnen auf dem nassen Boden. Die Wasserfontänen waren versiegt. Es tropfte lediglich noch von der Decke der Brücke und von den Wänden.
Doch das war nicht das Erstaunliche. Nein, vor den Augen der Freunde begann das Wasser, sich zu sammeln. Von Decke, Wänden und Boden strömte es in die Mitte der Brücke, wo es eine lange Pfütze bildete.
„Was bedeutet das?“, fragte Charda.

In dieser Sekunde setzte sich die Pfütze in Bewegung. Das Wasser strömte aus der Brücke heraus. Es suchte sich seinen Weg über den Feldweg, hinein in den kleinen Bachlauf, der dort plätscherte. Wie ein winziger Zulauf lief das Wasser von der Brücke in den Bach ein, bis kein einziger Tropfen mehr in der Brücke zu sehen war. Nicht an der Decke, nicht an den Wänden, nicht auf dem Boden. Einzig die Wassertropfen, die sich in den Kleidern und Haaren der Freunde verfangen hatten, und einige winzige Pfützen am Wegrand blieben zurück.

Sie alle schauten verblüfft auf den Bachlauf neben dem Feldweg und versuchten zu verstehen, was das zu bedeuten hatte. Doch keinem von ihnen fiel auch nur der Schimmer einer Erklärung ein.

TIEF, GANZ TIEF AM MEERESGRUND

Argus verbeugte sich noch einmal tief vor Iskhuros. Ihm war inzwischen bewusst, dass er hier einem sehr mächtigen und wirklich bedeutenden Magier gegenüberstand. Vielleicht sogar mächtiger als Eedok. Iskhuros trat nahe an Argus heran und beugte sich so weit herab, dass er dem Dschinn in die Augen schauen konnte.

„Das ist interessant", sagte der Riese. „Du hast dreieckige Pupillen. So etwas habe ich noch nie gesehen. Das ist überaus faszinierend."

Argus musste sich ein Lächeln verkneifen. Dieses Kompliment machte ihm ausgerechnet jemand, der selbst außergewöhnliche Pupillen hatte. Iskhuros' Pupillen hatten die Form von Seesternen. Wusste er das nicht?

Er fragte sich, warum er bisher noch nie von Iskhuros gehört hatte.

Itzel wandte sich dem Dschinn zu. „Gewiss fragst du dich gerade, warum du noch nie von Iskhuros gehört hast, oder?"

Argus überlegte, ob sie wohl Gedanken lesen konnte. Aber dass er Iskhuros nicht kannte, wollte er keinesfalls zugeben. Andererseits sollte er es vielleicht einmal mit der Wahrheit versuchen.

„Tatsächlich ...", wandte er sich also direkt an Iskhuros, „habe ich deinen Namen bisher noch nie gehört oder etwas von deiner Magie erfahren. Und sie scheint ja gigantisch zu sein."

Iskhuros verbeugte sich für dieses Kompliment, bevor er in seiner außergewöhnlichen Stimme antwortete: „Kaum jemand aus eurer Welt kennt mich oder meinen Namen. Ich lebe hier im Meer und interessiere mich nicht für euch und euer Leben an Land."

„Verstehe“, antwortete Argus. „Und woher weiß Itzel von dir?“

Iskhuros wandte sich zu ihr um und blickte ihr dankbar in die Augen. „Ich habe ihre Hilfe benötigt, und sie war so frei, mir beizustehen.“

In Argus regte sich Neid. Wieso hatte Iskhuros sich an Itzel gewandt und nicht an ihn? Und worin hatte diese Hilfe bestanden? Er brannte darauf, das alles zu erfahren, hielt es aber für verfrüht, Iskhuros jetzt schon danach zu fragen. Das wollte er sich für später aufheben.

Allerdings sprach er seine drängendste Frage aus: „Itzel, was genau tun wir hier?“

Itzel strahlte. Augenscheinlich hatte sie die ganze Zeit nur auf diese Frage gewartet. „Iskhuros ist genau der Magier, den wir benötigen“, erwiderte sie.

Argus betrachtete den Riesen erneut. „Und wie kommst du darauf?“

„Weißt du, der Name Iskhuros leitet sich aus der altgriechischen Sprache ab und bedeutet ‚der Starke‘.“

Mit Blick auf die Berge von Muskeln an Iskhuros’

Körper antwortete Argus: „Ja, das kann ich nachvollziehen."
„Seine Kräfte sind unermesslich", fuhr Itzel fort. „Wir werden sie gut gebrauchen können."
Argus lag eine Antwort auf der Zunge, die er aber nicht aussprach, sondern nur für sich dachte. „Ich hatte schon andere mächtige Magier an der Seite, und dennoch hat es Sahli geschafft, den magischen Zirkel zu zerstören."
„Vielleicht denkst du gerade, dass du auch früher schon mit überaus fähigen Magiern zusammengearbeitet hast", sprach Itzel abermals treffsicher seine Gedanken aus. Anscheinend war er für sie leicht zu durchschauen und sehr berechenbar. Aber Itzel sprach schon weiter: „Iskhuros' Kräfte sind wirklich gigantisch. Aber es gibt noch einen gewaltigen Vorteil für uns, wenn wir ihn in unseren Kreis aufnehmen. Magst du es ihm präsentieren, lieber Iskhuros?"
„Sehr gern." Der Riese zwinkerte Argus einmal kurz zu, dann wandte er sich ab, kehrte Argus den Rücken

zu, starrte nach oben in die Wassermassen und breitete die Arme aus, den langen Stab in die Höhe gerichtet.

Argus und Itzel blickten ebenfalls nach oben. In der Ferne, weit über ihren Köpfen, konnten sie eine Silhouette ausmachen. Etwas kam auf sie zugeschwommen.

Itzel rückte ein Stück näher an Argus heran. „Du solltest dich bereit machen", flüsterte sie in sein Ohr.

„Wofür?"

Itzel deutete zu Iskhuros. „Er möchte dich testen."

Argus blickte sie überrascht an. „Mich testen?"

Die Silhouette hatte inzwischen Konturen gewonnen. Argus erkannte einen riesigen Hai, der auf sie zugeschwommen kam. Wobei „zugeschwommen" nicht ganz passte. Der riesige Fisch schoss geradewegs auf sie zu.

„Was soll ich denn tun?", fragte Argus ein wenig verstört.

Itzel hob die Schultern. „Das, was du immer tun

würdest, wenn eine Gefahr direkt auf dich zugerast kommt."
„Du meinst, dieser Hai wird in unsere Schutzblase einschlagen?"
„Vermutlich."
„Und er hat mich dabei im Blick?"
„Wahrscheinlich."
„Um mich zu verschlingen?"
„Ganz sicher", antwortete Itzel und Argus hörte eine Prise Schadenfreude aus ihrer Stimme heraus.
Der Hai kam näher und näher. Er war überwältigend groß. Seine Schwanzflosse trieb ihn pfeilschnell an. Als er das Maul öffnete, erkannte Argus blitzweiße, spitze Zähne, so groß wie sein Unterarm.
Er musste sich wehren. Also sammelte er alle seine magischen Kräfte in sich und spürte, wie sich sein magisches Ich auf diese Aufgabe vorbereitete.
„Nun denn", flüsterte er Itzel zu. „Dann zeige ich Iskhuros, dem Starken, mal, dass der Name Argus nicht Feigling oder Schwächling bedeutet, wenn man ihn übersetzt."

Er streckte beide Arme in Richtung des Hais aus und konzentrierte sich mit aller Macht darauf, dem riesigen Tier einen gewaltigen Stoß zuzusenden, der den Hai ablenken und wieder ins Meer schießen lassen würde. Ein vergleichsweise kleiner Zauber, verglichen mit dem, wozu Argus sonst fähig war. Aber wenn diese kleine Kraftprobe Iskhuros schon ausreichte, war es Argus nur recht. Dieser Zauber konnte gar nicht schiefgehen. Argus freute sich schon auf den verblüfften Blick des Hais.

Er begann, die Magie in seinem Inneren über die Arme in die Hände zu leiten und sie über die Fingerspitzen hinaus dem Hai entgegenzuschießen. Argus atmete tief aus und schleuderte den Stoß aus sich heraus. Zumindest dachte er, dass er das getan hätte. Denn in Wahrheit geschah nichts.

Argus fühlte sich wie ein Luftballon, aus dem die Luft entwich. Doch sonst tat sich nichts.

„Was ist das?!“, schimpfte er aufgebracht. Es war ihm überaus peinlich, Iskhuros gegenüber dermaßen zu scheitern.

Noch einmal sammelte er seine Kräfte, noch einmal leitete er sie durch seinen Körper in seine Fingerspitzen, um ...

„Pffffff ..."

Argus war sicher, dass das Geräusch eines Luftballons, dem die Luft ausging, für Itzel und Iskhuros nicht zu hören war. In seinen Ohren jedoch dröhnte dieser Klang geradezu. Denn wieder war nichts geschehen.

Der Hai hatte sie beinahe erreicht.

„Also, ich würde mich allmählich beeilen", tönte Itzel spitz an seiner Seite. Inzwischen machte sie kein Geheimnis mehr aus ihrer Schadenfreude.

„Aber ..." Argus setzte zu einem dritten Versuch an: Magie sammeln, Magie durch den Körper leiten, Magie über die Fingerspitzen schicken und ...

„Pfffffff!"

„Wüstensturm und Sonnenbrand!", fluchte der Dschinn. „Wie kann das sein? Warum ...?"

Weiter kam er nicht, denn in diesem Moment durchbrach der Hai die Wand von Iskhuros'

Schutzblase. Mit weit aufgerissenem Maul kam er auf Argus zu. Tosende Wassermassen donnerten hinter ihm in die Schutzblase.

Argus wollte sich schon wegducken – wohl wissend, dass ihm das nichts nützen würde –, da packte Iskhuros das riesige Tier an einem seiner Eckzähne. Der Hai riss überrascht die Augen auf. Im nächsten

Moment schleuderte Iskhuros den Hai in einem weiten Bogen zurück durch das Loch in der Schutzwand, streckte seinen Stab in Richtung der hereinbrechenden Fluten, leitete sie um und schloss gleichzeitig das Loch in der Schutzblase.

Nur einige wenige Wassertropfen fielen auf Argus, Itzel und Iskhuros herab, die ihre Blicke nach oben gerichtet hielten und den Hai beobachteten, wie er sich weiter und weiter von ihnen entfernte.

Irgendwann jedoch senkte Argus seinen Blick und sah betroffen und ratlos auf seine Hände. „Ich kann mir das nicht erklären", sagte er peinlich berührt. Es war ihm überaus unangenehm, ausgerechnet vor Itzel und Iskhuros gescheitert zu sein, den beiden Magiern, die im Moment so wichtig für ihn waren.

„Aber ich kann es dir erklären", sagte Iskhuros.

Argus wandte sich ihm zu. „So?"

Der Unterwassermagier nickte. „Du bist ein Mensch des Landes. Ein Magier der Erdoberfläche. Ein Kind der Sonne. All deine Kräfte versiegen in meinem Reich auf dem Meeresgrund."

„Aber ich habe schon öfter im Wasser gezaubert“, wandte Argus ein.
Iskhuros lächelte. „Aber noch nie in einer Tiefe wie dieser. Hier unten kannst du deine Magie nicht anwenden. Du hast es gerade selbst gesehen. Ich traue dir natürlich zu, dass du den Riesenhai mit deinen Fähigkeiten verscheucht hättest. Doch deine Magie konnte hier unten nur scheitern.“
Argus freute sich sehr über Iskhuros' Kompliment. Es tat ihm gut, dass dieser mächtige Magier auch ihn für mächtig hielt.
„Und es liegt nicht an der Schutzblase, die du geschaffen hast?“, fragte Argus und deutete in die Höhe zu der unsichtbaren Wand, die alle Wassermassen über ihnen zurückhielt und sie atmen ließ.
„Glaub mir, Argus. Es ist die unendliche Tiefe des Meeres, die dir deine Überlandmagie nimmt“, antwortete Iskhuros.
Itzel trat zu Argus und legte eine Hand auf seine Schulter. „Deshalb habe ich uns hierhergebracht“,

sagte sie. „Ich wollte, dass du den wunderbaren Iskhuros kennenlernst und wir uns seine Unterwasserwelt zunutze machen.“

Argus verzog das Gesicht. „Zunutze machen? Aber wie denn? Das Gegenteil ist doch der Fall! Wie soll mir hier etwas helfen, wenn ich meine Magie nicht einsetzen kann?“

„Argus, mein Lieber“, eröffnete Itzel ihren nächsten Erklärungsversuch. „Nicht nur *deine* Magie ist hier unten machtlos.“

Er verstand. „Nein, auch deine.“

Itzel lächelte weiter. „Und?“

„Und was?“

„Und wessen noch?“

„Ich verstehe nicht, was du ...“, murmelte er, dann hellte sich sein Blick auf und ein teuflisches Grinsen zog über sein Gesicht. „Sahli! Seine Magie ist aus meiner Magie entstanden. Seine Fähigkeiten entsprechen meinen Fähigkeiten.“

Nun strahlte Itzel. „Und wenn deine Macht hier unten versiegt ...“

„… dann ist auch er machtlos in dieser Welt“, jubelte Argus.
Itzel war sehr zufrieden mit ihm. „Nun hast du meinen Plan verstanden. Wir werden Sahli und Alex hierherbringen, wo sie völlig ohne Magie sind. Wir jedoch …“
„… können auf Iskhuros’ mächtige Fähigkeiten zurückgreifen“, beendete Argus den Satz und wandte sich Iskhuros zu.
Der nickte ihm zu. „Sag mir, was mit den beiden Jungen geschehen soll, die dir schon so lange zusetzen, Argus. Und ich werde diesen Wunsch gern erfüllen.“
„Das ist genial. Das ist wunderbar. Das ist …“ Argus’ Blick hellte sich auf. „Das ist es, was ich brauche.“
Er wandte sich an Itzel. „Das hast du wunderbar eingerichtet, liebe Itzel. Du bist deinem Ruf als kluge und weise Hohepriesterin auf beeindruckende Weise gerecht geworden. Dies hier ist die beste Idee, die mir bisher im Kampf gegen Sahli untergekommen ist. Ich danke dir sehr.“

Noch beim Aussprechen dieser Worte wandelten sich allerdings seine Gefühle. Die triumphierende Gewissheit, auf die richtige Idee gelenkt worden zu sein, wich einer großen Skepsis. Wieder erwachte sein Misstrauen. Argus wandte sich von Itzel ab und drehte sich zu Iskhuros.

„Aber warum tust du das?", fragte er ihn ruppig. „Wo liegt dein Vorteil? Was erhoffst du dir als Gegenleistung dafür, dass du diesen schrecklichen Jungen für mich ruhigstellst?"

Iskhuros warf Itzel einen vielsagenden Blick zu und die Hohepriesterin musste lachen.

„Ich habe dir gesagt, dass er sofort danach fragen wird", sagte sie. „So gib ihm gern deine Antwort."

„Ich möchte Teil eures neuen magischen Zirkels werden", erklärte Iskhuros klar heraus. „Und einen mächtigen Platz in diesem Zirkel belegen."

„Warum?", erkundigte sich Argus überrascht. Denn mit dieser Antwort hatte er nicht gerechnet. Er war davon ausgegangen, dass Iskhuros ihm eine übermäßige Gefälligkeit dafür abverlangen würde, dass er das Sahli-Problem für den Dschinn löste. Argus hatte schon befürchtet, sich auf Jahre zu etwas verpflichten und Dinge ausführen zu müssen, die ihm widerstrebten.

Dass Iskhuros Teil des magischen Zirkels werden wollte, war wie ein zweites Geschenk für Itzel und Argus. Diesen übermächtigen Magier an der Seite zu haben, wäre ein Gewinn für den Zirkel, den sie neu bilden wollten. Und dennoch: Argus wollte das alles verstehen.

„Du lebst völlig unerkannt hier unten auf dem Meeresboden. Kaum jemand weiß von dir. Denn wenn ich deinen Namen noch nicht kannte, dürfte ihn auch sonst kaum jemand kennen. Kein Mensch, kein Magier, niemand. Warum möchtest du Teil von etwas sein, das auf der Erde stattfindet? Einer Welt, die dir, wie du selbst sagst, nicht liegt und wo deine Fähigkeiten versiegen?"

„Das ist eine sehr gute Frage, Argus. Und es gibt eine klare Antwort darauf: Ich möchte nicht noch einmal so in Bedrängnis kommen wie vor einiger

Zeit. Ohne Itzel wäre mein ganzes Unterwasser-Imperium verloren gewesen. Ich baue darauf, dass wir in einem magischen Zirkel füreinander da sind und die Mitglieder sich gegenseitig beistehen, wenn es Probleme gibt. Darum möchte ich Teil eures Vorhabens sein."

„Das verstehe ich sehr gut", antwortete Argus und sah endlich den Moment gekommen, Iskhuros zu fragen, was für ein einschneidendes Erlebnis und welche gefährliche Bedrohung ihn und Itzel zusammengeführt hatten. Doch bevor er auch nur ein Wort sagen konnte, wandte sich Iskhuros ab und blickte wieder in die Höhe.

„Dann ist unser Pakt also besiegelt", verkündete er entschieden. „So lass mich nun zu meinem Teil unseres Abkommens übergehen. Lass mich meinen Beitrag zu unserem Vertrag leisten." Er reckte beide Arme in die Höhe, blickte zu den Fluten über ihm und rief, dass es durch die Straßen von Atlantis schallte: „So werde ich dir den Jungen hierherholen, der dir solche Sorgen bereitet."

Voller Erwartung hob nun auch Argus den Blick, und eine immense Vorfreude erfüllte ihn, als er sah, was Iskhuros aus den Wassermassen entstehen ließ.

HÄNDE AUS WASSER

Alex hätte nicht sagen können, was größer war: seine Enttäuschung über das, was gerade geschehen war, oder seine Verwunderung über das, was gerade geschehen war.

„Was war das vorhin?", fragte er. „Was hat das zu bedeuten?"

„Charda kann das nicht erklären", erwiderte die Magierin.

„Und ich auch nicht", fügte Sahli hinzu. In seinen Händen hielt er die Kugel, die völlig trocken war, während die Kleidung und die Haare der Freunde noch immer etwas feucht waren.

Neben ihnen plätscherte der kleine Bach so laut und

munter vor sich hin, als wollte er die Freunde über ihren Frust hinwegtrösten. Oder als wollte er ihnen erzählen, was gerade geschehen war.

Bei diesem Gedanken musste Alex lächeln. Wahrscheinlich wusste der Fluss tatsächlich am ehesten, was das alles sollte. Immerhin war das Wasser aus der Brücke direkt in ihn hineingeflossen.

Liv fiel sein Lächeln auf. „Was hast du?“, fragte sie.

„Ach, ich hatte nur so einen blöden Gedanken. Hat mit dem Bach zu tun. Und mit ...“

Er stutzte. Blieb stehen. Starrte in den Bachlauf hinein.

„Und was hast du jetzt?“, fragte Liv und blieb ebenfalls stehen. „Noch ein blöder Gedanke?“

Alex ging in die Hocke. „Nein, seht mal. Ist das nicht merkwürdig?“

Sahli, Charda und die Zwillinge stellten sich an seine Seite.

Alex zeigte in die winzige Strömung des Baches. „Sieht das nicht aus wie ein zweiter Bachlauf im Bachlauf?“

Liv lachte. „Was? Was soll das denn sein? Also, langsam glaube ich, dass du ... Oh!“

„Du siehst es auch, oder?“, erkundigte sich Alex.

Bevor Liv etwas antworten konnte, sagte Sally: „Ich sehe es auch. Sahli, Charda, könnt ihr das auch erkennen?“

Die beiden beugten sich über das Wasser – und tatsächlich! Sie alle sahen, dass sich unterhalb der eigentlichen Strömung eine zweite gebildet hatte. In diesem Bach flossen zwei Strömungen übereinander hinweg.

„Täusche ich mich oder fließt die untere Strömung in die andere Richtung?“, fragte Alex, obwohl ihm klar war, dass dies eigentlich unmöglich war. Doch das Wort „unmöglich“ existierte in seinem Wortschatz nicht mehr, seit er Sahli kannte. Sie alle hatten schon Dinge erlebt, die weitab von „unmöglich“ einzuordnen waren. Und wenn solche Dinge passierten, dann hatten sie meistens einen Ursprung.

„Argus!“, stieß Sahli hervor.

Charda war überrascht. „Du denkst, er hat damit zu tun?“

„Das ist auch meine Vermutung“, sagte Alex.

„Und meine“, kam es von Sally.

„Und meine auch“, ergänzte Liv.

Nur Charda war unsicher. „Aber was sollte er damit bezwecken? Was hat er davon, auf diesen Bachlauf einzuwirken? Argus interessiert sich nicht für Wasser. Er ...“

„Nein!“, unterbrach Sahli sie aufgeregt. „Es geht nicht um das Wasser. Es geht um uns.“

„Um uns?“, echote Liv überrascht.

Nun zeigte auch Sahli auf den Bachlauf. „Wir sind hier, oder? Sehr nah an diesem Wasser.“

Alex verstand sofort. „Du meinst, zu nah an diesem Wasser?“

Sahli setzte zu einer Antwort an, als sich eine Wasserfontäne erhob. Wie eine schmale Welle schoss sie aus dem Bachlauf und an ihrer Spitze formte sich eine Hand.

Sahli vergaß, was er sagen wollte, und rief: „Lauft!“

Doch es war schon zu spät.
Die Hand der Fontäne ergriff Sally am Fuß und versuchte, sie ins Wasser zu ziehen.
„Help!“, schrie das Mädchen erschrocken. *„Please help me!“*
Liv eilte ihr zu Hilfe. Sie ergriff Sally an den Armen und versuchte, sie an sich zu ziehen. Alex stürzte hinzu und packte Sally an der Hüfte, um zu helfen.
In diesem Moment schoss eine zweite Fontäne aus dem Bachlauf. Wieder mit einer geformten Hand an der Spitze. Diese Hand griff nach Livs Fuß.
„Geh weg!“, schrie sie.
Sahli kam herbeigestürzt und versuchte, Liv beizustehen, während Alex noch immer Sally helfen wollte. Charda griff sowohl Alex wie auch Sahli am

Arm und versuchte, beiden Jungs gleichzeitig eine Hilfe zu sein.

Als jedoch weitere Hände aus dem Wasser nach ihren Füßen griffen, um sie in den Bach zu ziehen, musste jeder für sich selbst kämpfen. Sie wehrten sich mit allen Kräften, schimpften und fluchten, aber die Wasserfontänen waren übermächtig.

Sahli griff nach der Zauberkugel. Er wollte sich gegen diese Magie wehren, doch in diesem Moment baute sich vor ihm eine Wasserwand auf, die über ihn hinwegzog und ihn wie ein Zelt überspannte. Sahli erschrak und verstand sofort, dass diese Glocke ihn daran hinderte, seine Magie auszuführen.

In diesem Moment wurde auch Charda in ein solches Wasserzelt gehüllt, sodass auch sie mit ihrer Magie nichts ausrichten konnte.

„Was hier passiert, ist übermächtig", rief sie.

Die Fontänenhände zogen die Freunde mit sich. Sie griffen selbst durch die Wasserwände, die Charda und Sahli umschlossen.

Alle fünf landeten im Bachlauf und sahen ungläubig

zu, wie das Bachbett sich vertiefte. Der Boden unter ihnen sank ab, sodass sie alle untertauchten.
Alex schlug um sich und versuchte, sich zu befreien, genau wie seine Freunde auch. Doch seine Hände griffen nur in Wasser, wenn er die Fontäne von sich stoßen wollte. Und bei jedem Tritt, den er der Wasserhand geben wollte, stieß er nur platschend durch sie hindurch.
Mit einem Mal bemerkte er, wie sich unter ihnen aus dem schlammigen Boden des Bachs runde Blasen bildeten. Blasen, die schnell auf die Größe der Freunde anwuchsen. Alex ahnte schon, was gleich passieren würde. Und er hatte recht: Jede der Blasen nahm einen von ihnen in sich auf, tauchte anschließend ab und ließ sich von der Strömung mitreißen.

Bim, Kadabra und Baklebrud standen vor der obersten Treppenstufe und belauschten die Gruppe unten im Flur.
Mariannes Satz „Nun gut, in Ordnung, schauen wir uns an, was die beiden Jungs uns zeigen und beweisen

möchten“ war das Stichwort für die drei Freunde in der oberen Etage. Hastig, aber dennoch vorsichtig huschten sie von der Treppenstufe in Alex’ Zimmer. Dort war ebenfalls schon alles vorbereitet. Die drei setzten sich mit konzentrierten Gesichtern zwischen all die Blöcke, Notizen und Papierseiten, die sie am Nachmittag auf dem Boden verstreut hatten.

Es klopfte an der Tür. „Ist jemand da drin?“, rief Marianne aus dem Flur. „Seid ihr schon wieder da?“

„Ja“, gab Bim mit ihrer Alex-Stimme zurück. „Aber nur wir drei. Die Zwillinge sind noch bei Oma Ilse. Wir müssen hier noch was erledigen. Komm gerne rein.“

„Ich bin aber nicht allein“, entgegnete Marianne.

Bim spielte den Überraschten. „So?“, antwortete sie. „Ich auch nicht.“

Marianne öffnete die Tür, und Bim, Kadabra und Baklebrud taten verwundert, als sie auf die Gruppe blickten, die Alex’ Zimmer betrat.

„Calvin? Boris? Was macht ihr denn hier?“, staunte Bim.

„Wir verhindern, dass ihr Mist baut“, rief Calvin.
Kadabra erhob sich vom Boden. „Mist baut?“
„Ihr plant hier doch was!“, beharrte Calvin auf seiner Meinung. Bim und Baklebrud erhoben sich nun ebenfalls, um sich Calvin und Boris in ihrer Menschengestalt entgegenzustellen.
„Ja, das stimmt“, gab Bim zu.
Calvin lachte und zog Oberkommissar Plätte fest am Ärmel. „Haben Sie gehört? Hier wird was geplant. Etwas Großes. Gefährliches. Etwas ...“
„Wie bitte?“ Bim unterbrach Calvin.
„Du hast es doch gerade zugegeben“, meinte Calvin aufgeregt. Er konnte sich gar nicht beruhigen. „Ihr plant hier was!“
Oberkommissar Plätte ging auf Bim zu. „Stimmt das, Alex? Plant ihr etwas?“
Bim nickte. „Kennst du Exit-Spiele?“, fragte er.
„Was ...?“, stammelte Plätte.
„Exit-Spiele. Das sind Abenteuerspiele mit Rätseln darin. Liv und Sally haben bald Geburtstag. Und wir planen eine Überraschung für sie.“

„In Form eines Exit-Spiels", ergänzte Kadabra – und Baklebrud sagte: „Sehr geheimnisvoll, sehr spannend, aber eher nicht gefährlich." Er sah zu Bim und Kadabra. „Oder wie seht ihr das?"

„Völlig ungefährlich", winkte Bim ab.

„Total harmlos", gab Kadabra ihr recht.

„Exit-Spiel?" Calvin kreischte beinahe. „Ihr wollt uns doch veräppeln!"

Bim setzte zu einer Antwort an, doch Oberkommissar Plätte war schneller. „So, das reicht mir jetzt, ihr beiden. Hier gibt es keine Verschwörung und keine Gefahr, sondern nur Freundschaft und Mariannes geniale Gemüselasagne. Verratet mir endlich, was ihr hier wolltet."

„Aber das haben wir doch", verteidigte sich Calvin und zeigte auf die Papiere auf dem Boden. „Wir dachten ..."

„Und genau das bezweifle ich", widersprach Oberkommissar Plätte. „Ich glaube nicht, dass ihr auch nur eine Sekunde nachgedacht habt. Was wolltet ihr hier? Marianne und John ausrauben?"

Calvin seufzte – und Boris seufzte noch lauter. Ihnen wurde ihre aussichtslose Lage allmählich klar.
„Tut uns leid“, sagte Calvin plötzlich kraftlos.
Boris schloss sich an. „Ja, wirklich. Das war alles ein Missverständnis.“
„Das werden wir noch herausfinden“, entgegnete der Oberkommissar. „Ich nehme euch beide jetzt erst einmal mit zur Wache und rufe eure Eltern an.“
„Was?“
„Muss das sein?“
Plätte nickte. „Ich fürchte schon. Das hier ist nicht das erste Mal, dass ihr mir aufgefallen seid. Ich werde ein ernstes Wort mit euren Eltern sprechen und ihnen ein paar Tage Quarantäne für euch empfehlen, damit ihr wirklich einmal darüber nachdenkt, was ihr dauernd für Unfug betreibt. Und dann sehen wir uns einmal die Woche wieder.“
Calvin hörte Plättes Worte und starrte finster zu Bim. „Das habt ihr doch eingefädelt, um ...“, rief er.
Doch Bim unterbrach ihn. „Dass ihr uns nachstellt, beleidigt und über ein Handy belauscht, um uns

nachts heimlich aufzulauern, das alles haben wir ganz bestimmt nicht eingefädelt. Das hast du allein zu verschulden, Calvin. Du und deine Clique. Wir können nichts dafür, dass du dich so verhältst, wie du es immer tust. Ihr habt euch selbst in diese Situation gebracht! Ganz allein."

Calvin setzte zu einer Antwort an, sah aber ein, dass jedes weitere Wort unnötig war.

Dafür übernahm Oberkommissar Plätte wieder das Wort. „Was ich hier höre, bestätigt meinen Verdacht. Los, ihr beiden. Kommt mit mir. Und du, Alex, hältst dich bereit, um mir in den nächsten Tagen einige Fragen zu beantworten, ja?"

„Sehr gern, Herr Oberkommissar", erwiderte Bim.

Zusammen blickten sie dem Polizisten hinterher, wie er die beiden Jungen aus dem Haus führte.

Die Reise in der Blase schien kein Ende zu nehmen. Alex und seine Freunde steckten in ihren schwimmenden Gefängnissen fest und trieben hintereinander her, einem unbekannten Ziel entgegen.

Jeder von ihnen kniete auf dem Boden seiner Blase. Sie alle hatten es aufgegeben, nach Fluchtmöglichkeiten zu suchen. Anfangs hatten sie alles versucht, um sich zu befreien: gegen die Wände geboxt und getreten, an der Blasenhülle gekratzt und sie abgetastet. Sahli und Charda hatten sich vergeblich bemüht, ihre Magie einzusetzen. Aber nichts von alledem hatte irgendetwas gegen diese Sauerstoffblasen ausrichten können.
Charda hatte vergeblich versucht, sich in verschiedene Tiergestalten zu verwandeln, um der Sauerstoffblase zu entkommen. Sie hätte gern mit einem spitzen Vogelschnabel die Wand der Blase durchstochen oder mit schweren Elefantenfüßen den Boden zerstoßen. Doch nichts davon war ihr gelungen.
„Charda hat eindeutig keine Magie in dieser verdammten Blase“, fluchte sie wütend. Doch genauso wenig wie Alex konnte sie sich vorstellen, dass Argus hinter dieser Form von Magie steckte. Es passte nicht zu ihm. Diese Magie war sehr durchdacht – und allein das passte schon nicht zu Argus. Außerdem ...

„... Wasser?“, wunderte sie sich lauthals. „Argus, was hast du mit Wasser zu tun? Nein, Charda glaubt das nicht. Das hier bist nicht du, Argus. Da muss jemand anders dahinterstecken. Charda möchte zu gern wissen, wer. Und warum. Und ...“ Sie musste es zugeben. „Und wie! Denn Charda ist zwar wütend, aber auch sehr beeindruckt von dieser Form der Zauberei.“ Für einen Moment strich sie fasziniert über die Innenwand der Blase, um im selben Moment aus ihrer Schwärmerei aufzuwachen und gegen die Wand zu treten.

„Dumme Blase!“, rief sie wütend. „Charda hasst dich so sehr, wie sie dich bewundert!“

Inzwischen waren sie aus dem Bachlauf in einen größeren Fluss geschwemmt worden. Sie tauchten dicht unterhalb der Oberfläche, sodass sie die Kiele mehrerer Schiffe von unten betrachten konnten. Auch Schmutz und Müll schwammen an ihnen vorbei und ganz selten mal ein Fisch.

Dass Argus dahintersteckte, daran zweifelte niemand von ihnen. Alex wunderte sich, denn diese

Vorgehensweise passte so gar nicht zu dem Dschinn. Wasser hatte er noch nie eingesetzt. Im Gegenteil. Argus war doch ein Magier aus der Wüste. Wasser war so gar nicht sein Element.

Alex begriff, dass hier etwas sehr Merkwürdiges vor sich ging. Das beunruhigte ihn. Wie sollte er sich einen Plan überlegen, wenn er überhaupt nicht einschätzen konnte, was ihnen gerade passierte? Wie sollte er sich eine Verteidigung ausdenken, wenn er nicht wusste, was sie erwartete?

Er warf Sahli einen verzweifelten Blick zu und Sahli schaute voller Verzweiflung zurück.

Sie mussten abwarten. Abwarten, was passierte und bis sie wussten, was Argus im Schilde führte.

Doch das gefiel Alex überhaupt nicht. Und während seine Gedanken noch um diese Erkenntnis kreisten, bemerkte er, dass das Wasser um sie herum klarer wurde, die Zahl der Fische zunahm und die Kiele der Schiffe immer größer wurden.

Keine Frage, sie trieben aufs offene Meer zu.

DIE STADT TIEF UNTEN IM MEER

Bim, Kadabra und Baklebrud rannten, so schnell sie es inzwischen auf ihren menschlichen Beinen schafften, zurück zu der Straßenbrücke an den Feldern vor der Stadt.

„Endlich!“, jubelte Bim.

„Ja, endlich!“, stimmte Kadabra mit ein.

„Endlich bekommen wir unsere eigenen Körper zurück“, freute sich Baklebrud.

„Calvin ist im Moment keine Gefahr für uns. Er hat einige Zeit Hausarrest vor sich. Dafür wird der Oberkommissar schon sorgen. Und für Boris gilt das Gleiche“, fasste Bim ihr Glück fröhlich zusammen.

Baklebrud nickte. „Vielleicht denken sie so endlich mal nach. Ich würde mich wirklich freuen, wenn Calvin und seine Gang erkennen, wie dumm ihr Verhalten ist. Und wie gefährlich. Und wie gemein. Und wie ..."

„... unnötig", half Kadabra.

Bim nickte. „Der Rest ihrer Clique traut sich ohne die beiden bestimmt auch nicht mehr aus den Häusern. Und das heißt, dass wir sie nicht mehr ablenken müssen. Sahli kann uns endlich wieder zurückverwandeln. Was für ein Glück!"

In diesem Moment erreichten sie die Straßenbrücke und blickten sich um.

„Komisch, wo sind denn alle?"

Völlig still und verlassen lag die Brücke vor ihnen. Nur das Plätschern des Bachs an ihrer Seite war zu hören. Mit großen Schritten umgingen sie die Wasserpfützen. Bim wunderte sich, warum ausgerechnet diese Stellen nass waren, der Rest des Weges hingegen trocken. Aber im Moment hatte sie andere Sorgen.

„Ich verstehe das nicht. Sie wollten doch alle hierherkommen, um Argus' Magiereste zu nutzen."

„Sahli?", rief Bim.

„Alex?", rief Baklebrud.

„Irgendjemand?", rief Kadabra.

Als sie keine Antwort erhielten, ließ sich Kadabra wütend auf dem Boden nieder. „Das ist ja wieder typisch", schimpfte sie. „Typisch! Wenn man die Bande einmal braucht!" Sie blickte an sich hinab. „Ich möchte meine Katzengestalt wiederhaben. Meine schöne, außergewöhnliche Katzengestalt. Mal ehrlich, wer will denn als Mensch unterwegs sein?"

„Wahrscheinlich nicht einmal die Menschen, wenn man ihnen die Wahl ließe", vermutete Baklebrud und ließ sich neben Kadabra nieder.

Auch Bim zog ein langes Gesicht, als sie sich zu ihren Freunden setzte. „Und jetzt?", fragte sie enttäuscht.

Doch niemand konnte ihre Frage beantworten.

Nur das vergnügte Plätschern des Bachlaufs durchbrach die Stille.

„Und jetzt?“, schien Sahlis Blick zu bedeuten.
Alex warf ihm als Antwort nur einen verzweifelten Blick zu.
Auch Charda, Liv und Sally waren ratlos. Vorhin hatte Liv noch einmal versucht, gegen die Wand der Blase zu treten, in der sie steckte. Aber jetzt, auf dem offenen Meer, wagte sie das nicht mehr. Auch ihr war inzwischen klar, dass sie alle im Moment nichts ausrichten konnten und abwarten mussten.
So verharrten sie in ihren Sauerstoffblasen, in der Hocke sitzend, hilflos dem ergeben, was auf sie zukam. Die Blasen ließen sich weiter von der Meeresströmung knapp unter der Meeresoberfläche treiben. Wenn die Freunde nach oben blickten, konnten sie den Himmel sehen, nach unten ging ihr Blick in die Tiefe.
Alex vermutete, dass sie in einem Ozean waren, dessen Wasser im einfallenden Sonnenlicht grünblau schimmerte. Fische waren keine zu sehen. Auch den Meeresboden konnte er nicht ausmachen.
„Wer weiß, wie tief es da wohl runtergeht“, überlegte

er und der Gedanke bescherte ihm eine Gänsehaut auf seinem ganzen Körper.

Eine Entdeckung unterbrach seine Gedanken. Unter ihnen regte sich etwas. Erst wirkte es nur wie ein länglicher Schatten, dann jedoch konnte Alex die Umrisse ausmachen und stellte fest, dass es sich um einen Wal handeln könnte.

Adrenalin schoss durch seinen Körper. Er winkte den anderen zu und zeigte unter sich.

Die Konturen waren inzwischen deutlicher zu sehen und Alex' Verdacht bestätigte sich. Unter ihnen tauchte ein riesiger Wal auf. Ein Blauwal, wie er vermutete.

Jetzt schlug ihm das Herz bis zu den Ohren. Solch ein gigantisch großes Tier war ihm noch nie vor die Augen gekommen.

Auch Sahli, Charda, Liv und Sally waren erschrocken. Sie saßen auf allen vieren in ihrer Sauerstoffblase und beobachteten, wie der Wal näher und näher kam. Doch dann ließ er sich nach hinten kippen und tauchte so langsam aufrecht auf sie zu, als wolle

er verhindern, sie noch mehr zu erschrecken. Sein Gesicht wirkte freundlich. Die Augen waren auf die Freunde gerichtet.
So verharrte er einige Zeit in der Tiefe des Meeres und beobachtete die Kinder in ihren Sauerstoffblasen, bis er sich wieder abwandte und sachte so nach vorn kippte, dass seine gewaltige Schwanzflosse unter den Freunden auftauchte. Für einen Moment verharrte der Wal auch in dieser Position, bevor er in die Tiefe des Meeres schoss. Dabei entstand ein Sog im Wasser, der die fünf Freunde in ihren Sauerstoffblasen erfasste und mit sich zog.
Zuerst schrien alle erschrocken auf. Dann jedoch versuchten sie, sich in ihren Blasen zu halten, und blickten dem Wal nach, dem sie tiefer und tiefer ins Meer hinab folgten.
Eine lange Zeit waren sie so unterwegs. Alex spürte, dass er sich sogar an dieses Tempo gewöhnte, und wunderte sich, dass der Druck des Meeres nicht auf seinen Ohren lastete. Anscheinend diente diese Blase für mehr als nur die Versorgung mit Sauerstoff.

Sie beschützte die Freunde. Wenn jemand sich eine solche Mühe machte, um sie alle zu schützen, war ihm bestimmt nicht daran gelegen, ihnen etwas anzutun. Aus Alex' Furcht erwuchsen Hoffnung und Spannung. Nun wollte er dringend wissen, was hier vor sich ging. Die Spannung erhöhte sich noch, als nach scheinbar unendlich langer Tauchzeit Lichter unter ihnen

auftauchten, die er sich erst nicht erklären konnte. Auch seine Freunde hatten die Lichter entdeckt und starrten gebannt nach unten.

Und sie alle erstarrten vor Überraschung, als sie erkannten, was sich ihnen zu ihren Füßen darbot. Eine riesige Stadt erstreckte sich auf dem Meeresgrund. Versunkene Häuser, versunkene Türme, versunkene Straßen. Es war ein unglaublicher Anblick. Gleichzeitig faszinierend und erschütternd. Wunderschön und ergreifend.

„Atlantis!“, schoss es Alex durch den Kopf. Denn natürlich hatte er schon einmal von der angeblich versunkenen Stadt gehört. Allerdings hatte es damals geheißen, dass Atlantis eine Legende sei, ein Mythos. Dass es die Stadt nur in Geschichten und Filmen gab. Und dennoch, mit Blick auf die unter ihm liegende Stadt hätte er sich vorstellen können, dass sie genau das war. „Atlantis“, flüsterte er, während seine Neugier nun komplett den Kampf gegen seine Furcht gewann. „Atlantis“, hauchte er erneut.

Bim, Kadabra und Baklebrud hatten ihr Zuhause beinahe erreicht. Im Vorgarten des Hauses sahen sie Oma Ilse und Opa Aurelius. Sie waren über ihr Blumenbeet gebückt, um verblühte Rosen abzuschneiden.

„Das ist eine gute Idee von den beiden", bemerkte Kadabra. „Sie sorgen sich um uns alle und lenken sich ab, indem sie sich um den Garten kümmern."

„Ich mache mir auch Sorgen", sagte Bim. „Ich verstehe einfach nicht, warum die anderen nicht an der Straßenbrücke waren. Dort wollten sie doch hin."

„Mir fehlen sie auch", gab Baklebrud zu. „Alex und Sahli wüssten jetzt ganz bestimmt, was zu tun wäre, um Alex und Sahli zu finden."

Bim legte ihre Menschenhand auf seine Menschenschulter. „Wir werden schon ... Uh!"

Baklebrud und Kadabra wandten sich rasch zu ihr um.

„Was hast du, Bim?"

Bim starrte sie mit einem überraschten Blick an.

„Weiß nicht, ich ... Uh!"

Sie zuckte zusammen.

„Ich ... Uh!“

Sie schüttelte sich.

„Also ... Uh!“

Sie streckte sich.

Kadabra und Baklebrud waren alarmiert.

„Was ist denn nur los mit dir?“

Bim konnte nicht antworten. Ihr Mund verformte sich. Die Lippen wurden dünner und spitzer. Und nicht nur das. Das ganze Gesicht geriet in Bewegung. Die Nase zog sich in die Länge, die Ohren wurden runder und kleiner und die menschlichen Augen gingen langsam in Knopfaugen über.

„Du verwandelst dich zurück!“, rief Kadabra verblüfft aus. „Bim, du ... Uh!“

Kadabra blickte auf ihre menschlichen Hände. Schwarzes Fell bildete sich darauf. Aus den Händen wurden Pfoten, aus den Fingernägeln Krallen.

Baklebrud beobachtete die beiden gespannt.

„Ihr beiden, ihr ... Uh!“

Rechts und links seiner menschlichen Nase schossen

Schnurrhaare hervor. Die Augenbrauen wuchsen sekundenschnell und um sie herum erschienen schwarze Fellhaare. Die Ohren wurden spitz und der Mund verformte sich zu einer Katzenschnauze.
„Wir alle bilden uns zurück", rief Bim, die bereits fast ihr Mausaussehen zurückerlangt hatte und gerade dabei war zu schrumpfen. Zum Glück spürte sie diese Veränderung nicht. Es kribbelte ein wenig durch den ganzen Körper, doch die Umwandlung war nicht mit Schmerzen verbunden.
Kadabra, die ebenfalls schon fast ihre gesamte Katzengestalt zurückerhalten hatte, war gerade dabei, sich endlich wieder auf alle vier Pfoten zu stellen. Sie schaute sich fragend um.
„Wie kann das sein? Ist Sahli in der Nähe? Könnt ihr ihn sehen?"
Baklebrud stand in Katergestalt neben ihr. Er kickte den Schuh zur Seite, in dem sich eine seiner Hinterpfoten verfangen hatte, und sagte nur: „Nein. Ich kann ihn nicht entdecken. Aber er müsste doch hier sein, um diesen Zauber auszuführen, oder?"

Bim stand in ihrer Mausgestalt zwischen den beiden und nickte. „Anders ist es nicht zu erklären. Vielleicht ist er im Haus und hat uns vom Fenster aus kommen sehen oder ... oder ...“

Plötzlich stellten sich ihre Schnurrhaare kerzengerade auf. Ihr Körper zuckte. Ihr Blick wurde leer, als sie rief: „Oh nein! So muss es sein: Sahli ist ohne Magie!“

Vor den Augen ihrer Freunde rüttelte und schüttelte sie sich und kam langsam wieder zu Bewusstsein.

„Bim“, sprach Baklebrud sie an. „Du hattest gerade eine Vision.“

„Was? Wirklich?“ Die Maus wirkte noch benommen.

„Ja, du hattest ... Aaaaaaaaah!“

Baklebrud sprang so entsetzt in die Luft, dass Bim und Kadabra zurückschreckten. Sie erkannten schnell, was los war. Baklebruds Schwanzspitze hatte sich entzündet. Auf den Fellspitzen zeigte sich eine kleine Flamme.

„Hilfe!“, rief Baklebrud und rannte auf das Haus zu. Aurelius unterbrach seine Arbeit an den Rosen, um

nachzuschauen, was für ein Tumult da vor sich ging. Als er Baklebrud mit rauchender Schwanzspitze auf sich zurennen sah, sprang er auf.
„Ach, du Schreck! Baklebrud, komm hierher!"
Oma Ilse hob nun auch den Kopf und erschrak ebenso sehr wie ihr Mann.
„Du Armer. Was ist denn passiert?"
Baklebrud stürzte in den Vorgarten. Blitzschnell schnappte sich Aurelius die kleine Gießkanne an seiner Seite und kippte den gesamten Inhalt auf Baklebruds Schwanzspitze.
„Danke schön!", rief Baklebrud, griff sich mit den Vorderpfoten die Schwanzspitze und pustete darauf.
Nun stürmten auch Bim und Kadabra auf den Rasen.
„Baklebrud! Ist alles gut?"
„Tut es weh?"
Baklebrud pustete noch zweimal auf sein Fell. „Nichts passiert", gab er erleichtert zurück. „Dank Opa Aurelius und seiner gesunden Reflexe."
Opa Aurelius lachte, doch Oma Ilse war überhaupt nicht nach Lachen zumute.

„Was war denn los?“, fragte sie aufgeregt. „Wie ist das passiert, Baklebrud?“

Der Kater blickte zu Bim. „Sie hatte eine Vision. Und ihr wisst doch, dass dann immer irgendwo ein kleines Feuer entsteht. Dieses Mal hatten sich die Flammen mich ausgesucht.“

Aurelius beugte sich tief zu Bim herab. „Du hattest eine Vision?“, fragte er. „War das, bevor oder nachdem Sahli euch wieder in eure Tiergestalt zurückverwandelt hat?“

„Das ist ja das Merkwürdige: Wir haben Sahli nicht gefunden“, erklärte Bim.

Opa Aurelius stutzte. „Aber eure menschlichen Gestalten sind doch Teil seiner Magie. So hat er es uns erklärt. Die Kugel hält den Zauber aufrecht. Nur so könnt ihr menschlich erscheinen.“

„Genau“, stimmte Kadabra ihm zu. „Und nur er kann uns zurückverwandeln. Aber wir wissen nicht, wo er ist.“

„Wir wollten uns an der Straßenbrücke treffen. Ihr wisst schon, vor der Stadt, bei den Feldern. Aber niemand war dort“, ergänzte Baklebrud.

Aurelius erhob sich und schaute Oma Ilse an. „Verstehst du das?“

Sie schüttelte den Kopf. „Das ergibt wirklich keinen Sinn. Wenn Sahli und die anderen da gewesen wären, hätten Bim, Kadabra und Baklebrud sie gesehen. Und wenn sie nicht da waren, hätte Sahli den Rückverwandlungszauber nicht anwenden können.“

„Es sei denn ...“ Aurelius blickte nachdenklich in die Ferne. „Es sei denn ...“ Sein Blick wanderte in Richtung der Felder vor der Stadt. „Es sei denn ...“ Mit einem Mal riss er die Augen auf und schrie entsetzt: „Oh nein! So muss es sein. Sahli ist ohne Magie! Das bedeutet, dass sie alle in größter Gefahr sind!“

VERZWEIFELTE SUCHE

Dicht über der versunkenen Stadt schweifte der Blauwal ab und verabschiedete sich mit ruhigen Flossenschlägen, die den Freunden wie ein letztes Winken in die Tiefen des Ozeans hinein erschienen. Seine Aufgabe, die Kinder hierherzuleiten, war offensichtlich abgeschlossen. So zumindest wirkte es auf Alex.

Er hob die Hand in Richtung des Wals wie zu einem Abschiedsgruß und senkte den Blick. Für sie bot sich nun ein ungetrübter Blick auf die Stadt unter ihnen. Sie war riesig und zog sich über den gesamten erkennbaren Meeresboden hinweg.

Ganz sicher war dies einmal eine prächtige Stadt

gewesen mit vielen glücklichen Bewohnern und einem prallen, bunten Leben zwischen den nun zerfallenen, algenüberwachsenen Stadtmauern.
Zwar gab es hier schon sehr lange keine Menschen mehr, doch eine große Farbenfreude zeichnete den Ort immer noch aus. Alex entdeckte unzählige Fische und Korallen, die offenkundig nun hier lebten. Es war ein spaßiges, fröhliches Farbspiel, das sich Alex und seinen Freunden präsentierte. Und bei aller Angst und Unsicherheit faszinierte ihn dieser Anblick und stimmte ihn hoffnungsvoll. Alles, was er von hier oben sehen konnte, war atemberaubend und eindrucksvoll. Alles, bis auf ...
„Argus!"
Alex sprang in seiner Sauerstoffblase auf die Füße und ballte die Hände zu Fäusten. „Ich hab's doch geahnt. Nein, ich hab's gewusst!", brummelte er wütend und wedelte mit den Armen in die Richtung seiner Freunde, damit sie nach unten schauten.
Gleich darauf konnte er beobachten, wie erst Sahli, dann Liv, Sally und schließlich Charda angestrengt in

die Tiefe blickte. Sie rissen die Augen auf, sprangen auf und schimpften oder fluchten. Bei allen konnte Alex von ihren Lippen den Namen Argus ablesen. Und niemand von ihnen sprach ihn ohne Abscheu oder Wut aus.

Gerade Charda war so voller Wut, dass Alex fast damit rechnete, sie würde ihre Blase zum Platzen bringen. Mit hochrotem Kopf schien sie so heftig zu fluchen und zu schimpfen, dass Alex froh war, sie durch die Wände der Sauerstoffblasen nicht hören zu können.

Er schaute wieder zu Boden. „Argus!“, zischte Alex den Namen selbst wieder aus.

Dort stand der Dschinn, die Hände in die Hüften gestemmt. Breit grinsend blickte er nach oben. Als er bemerkte, dass Alex und die anderen ihn entdeckt hatten, winkte er ihnen sogar lachend zu. Es war deutlich zu erkennen, wie sehr er diesen Anblick genoss – und den Umstand, dass einer seiner Pläne augenscheinlich aufgegangen war.

„Wobei ...“, grübelte Alex. „Sein Plan?“

An Argus’ Seite standen zwei weitere Personen:

Itzel, die er ja bereits aus dem Maya-Tempel kannte, und ein fremder Mann, der ihn ein wenig an Eedok erinnerte und dann auch wieder nicht. Die beiden sahen sich ähnlich und waren gleichzeitig komplett unterschiedlich.

Gemeinsam hatten sie die gigantische Körperfülle, die kräftigen Muskeln und den entschiedenen, von sich überzeugten Blick. Die Kleidung aber war völlig anders. Dieser Fremde trug keine Felle und hatte auch keine kurzen Haare. Er war von Algen übersät und hatte sehr lange algengrüne Haare. In seiner Hand hielt er einen Stab, ähnlich wie Eedok das früher gern getan hatte. Doch dieser hier war nicht aus Holz. Er schimmerte silbern im Licht des Meeres, und Alex vermutete, dass der Stab aus Eisen war.

Diesem Menschen sah man an, dass er ein Mann des Wassers war. Und so ahnte Alex allmählich, wessen Plan hier aufgegangen war. Argus hatte sich einen neuen Komplizen zu Hilfe geholt. Einen, der wieder überaus mächtig zu sein schien und über das Element des Wassers seine Magie auslebte. Was ihn wiederum an Eedok erinnerte, der ebenfalls mächtig war und für seine Fähigkeiten auf Eis und Schnee zugriff. Alex fragte sich, wie es möglich war, dass Argus, Itzel und der Fremde auf dem Meeresgrund stehen konnten, ohne von einer sicheren Sauerstoffblase eingehüllt zu sein. Dann erkannte er eine dünne, kaum sichtbare Schicht, die sich über einen

großen Teil der Stadt hinwegzog. Sie wirkte wie eine sehr dünne Glaskuppel.
Als er mit seiner Blase diese Schicht durchdrang, geradeso als würde er durch einen Wasserfall treten, da ahnte Alex, dass er sich nun in einer riesigen Kuppel befand, in der vermutlich die gleichen Gesetze galten wie in der Blase, die ihn umgab. Wahrscheinlich gab es unterhalb dieser glasförmigen Schicht genügend Sauerstoff zum Atmen und ausreichend Schutz gegen den Unterwasserdruck, den niemand von ihnen außerhalb der Schutzhülle überstehen könnte.
Vor den erfreuten Augen der drei Erwachsenen setzten die fünf Sauerstoffblasen sachte auf dem Meeresboden auf. Alex machte sich bereit. Er rechnete damit, dass seine Blase sich auflösen, zerspringen oder aber öffnen würde. Dann wollte er mit einem Satz herausspringen, auf Argus zuhechten und ihm vor Wut den Turban mit dem kostbaren Edelstein vom Kopf reißen. Seinen Freunden erging es ebenso. Alle standen in ihren Sauerstoffblasen und schleuderten Argus giftige Blicke entgegen.

„Sind sie nicht herzallerliebst?“, konnte Alex den Dschinn spotten hören. Durch die Wand der Blase gelangte Argus’ Stimme nur dumpf zu ihm, doch Alex verstand jedes Wort.

Argus lächelte immer breiter und selbstsicherer. Er zeigte nacheinander auf die Kinder in ihren einzelnen Sauerstoffblasen und erklärte ruhig und überheblich. „Darf ich vorstellen, mein lieber Iskhuros ... Dieser Junge dort vorn ist Sahli. Fürchterlich aufdringlich und ausgesprochen nervtötend. Daneben siehst du seinen Freund, Alex. Er ist eher ausgesprochen aufdringlich und fürchterlich nervtötend. Die beiden haben mehr Leben als eine Katze und sind wendiger als ein Falke. Aber sie sind auch so aufgeblasen wie ein Pfau und halten sich für so klug wie ein Fuchs. Und schließlich ...“

Er ging auf die Sauerstoffblase zu, in der Charda stand. Noch immer mit hochrotem Kopf. Allerdings schimpfte sie nicht mehr, sondern wirkte, als wären ihr alle Worte ausgegangen. Oder als wäre sie zutiefst enttäuscht von dem, was mit ihr geschah.

„Und natürlich meine Schwester Charda. Kalt und falsch wie eine Schlange."

Iskhuros hörte sich das alles an, wandte dann aber den Blick von den Sauerstoffblasen und musterte Argus verständnislos.

Der verstand sofort und sagte schnell: „Oh, du kennst alle diese Tiere nicht? Nun, ich bin sicher, hier in deinem Unterwasserreich gibt es für jedes der genannten Tiere eine Entsprechung, oder?"

Iskhuros nickte und Alex konnte auch ihn dumpf in seiner Blase hören. Es klang allerdings, als würde Iskhuros in eine Muschel sprechen. Alex überlegte, ob das wohl tatsächlich seine Stimme war oder ob sie nur in dieser geschlossenen Blase so merkwürdig klang.

„Zäh ist bei uns die Muräne, wendig der Krebs. Aufgeblasen ist der Kugelfisch und klug der Oktopus. Und ..." Iskhuros schaute zu Charda. „Und es ist der Aal, der unter den Meerestieren als kalt und falsch gilt."

„Ah ja, ich danke dir", antwortete Argus und ihm war

anzusehen, dass er kein einziges dieser Meerestiere kannte.

„Lass mich dir noch diese beiden Mädchen vorstellen", fuhr er daher schnell fort. „Sie sind ..."

Iskhuros hob den Arm und bedeutete Argus damit, zu schweigen. „Sag nichts, Argus. Lass mich selbst sehen."

Er trat nahe an die beiden Sauerstoffblasen heran, in denen Liv und Sally standen und überwältigt zu dem riesigen Mann aufschauten.

„Sie sehen völlig gleich aus", sagte Iskhuros.

Argus nickte. „Wir nennen so etwas Zwillinge", erklärte er.

„Zwillinge! Soso", sagte der Unterwassermagier in seiner eigentümlichen Art und konnte den Blick nicht von den beiden Mädchen abwenden. „Sie gleichen sich wie ein Froschlaich dem anderen."

Liv fühlte sich beleidigt. „He!", rief sie Iskhuros erbost zu und Alex bewunderte sie für ihren Mut. „Wir sind ja wohl ein bisschen hübscher als Froscheier!"

„Also, so was!“, beschwerte sich auch Sally und verfiel wieder in ihr amerikanisches Englisch. „*Are you kidding*? Ich sage doch auch nicht, dass Sie wie ein grüner Orang-Utan vor uns stehen!“

Iskhuros blickte die beiden ungläubig an.

„Was ist los, großer Mann?“, rief ihm Liv zu. „Sind Sie erstaunt, dass die beiden Mädchen nicht vor Angst ihre Zöpfe verlieren oder sich vor Ehrfurcht ins Kleidchen machen?“

„Dafür haben wir schon zu viel erlebt, als dass wir uns jetzt vor einem halbgrünen Riesentypen wegducken“, ergänzte Sally.

Iskhuros fiel es schwer, sich aus seiner Erstarrung zu lösen. Tatsächlich hatte er solch ein Verhalten noch nie erlebt. Er war es gewohnt, dass alle aus der Unterwasserwelt ihm mit Demut begegneten.

Hilfe suchend wandte er sich Argus zu. Doch der zuckte nur mit den Schultern und sagte: „Ein Unterwassertier, das einer frechen krächzenden Krähe entspricht, fällt dir nicht so schnell ein, oder, Iskhuros? Darf ich vorstellen? Das sind Liv und Sally.

Ebenso nervtötend und aufdringlich wie die beiden Jungen, nur mit zwei frechen Schnatterschnäbeln."
„Aha, Schnatterschnäbel", wiederholte Iskhuros noch immer verblüfft und musterte die beiden Mädchen jetzt noch interessierter.

„Ohne Magie?" Oma Ilse war außer sich. „Wie meint ihr das, ohne Magie? Wer kann denn Sahli all seine Magie nehmen?"
Sie saß mit Aurelius im Wohnzimmer auf dem Boden, damit sie den beiden Katzen und der Maus besser in die Augen blicken konnte.
Keiner von ihnen wusste darauf eine Antwort. Allerdings hätte auch niemand von ihnen die Gelegenheit dazu gehabt, denn in diesem Moment öffnete sich wie von Geisterhand das Fenster zum Garten und ein besorgtes Schnauben ertönte.
„Huo!", rief Aurelius. „Hast du uns sprechen gehört?"
Der Drache, den nur Sahli sehen konnte, schnaubte noch einmal und ließ ein sehnsüchtiges Grummeln vernehmen.

Aurelius ging zu ihm ans Fenster und streckte seine Hand so aus, dass Huo seine Schnauze dagegenlehnen konnte. Das mochte der unsichtbare Drache besonders, wie Aurelius noch von ihrer gemeinsamen Gefangenschaft in einem Feuerkreis unter der Erde wusste.

„Du machst dir nicht alleine Sorgen“, versicherte Aurelius dem Drachen. „Wir wissen auch nicht, was geschehen ist und wo sich die Kinder gerade aufhalten. Vor allem wissen wir nicht, wo wir mit der Suche beginnen sollen.“

An den Bewegungen in seiner Handfläche spürte Aurelius, dass Huo nickte. Dann erklang ein zögerliches Brummen, gefolgt von einem Schnauben und einem kurzen Zischen.

„Verstehe ich dich richtig?“, riet Aurelius. „Du willst dich auf die Suche nach Sahli und den anderen machen?“

Huo brummte zustimmend.

„Das halte ich für eine sehr gute Idee“, lobte Aurelius. „Aber lass uns noch bis zum Einbruch der Nacht

warten, Huo. Du weißt ja, dass die Menschen bei Tageslicht manchmal einen Schimmer deines Panzers zu erkennen glauben oder dass sie meinen, einen Windhauch zu spüren, wenn du über sie hinwegfliegst. Lass uns also auf den Abend warten, wenn es dunkler und ruhiger auf den Straßen ist, einverstanden?"
Die Antwort war ein unzufriedenes Knarzen, gefolgt von dem sehnsüchtigen Grummeln, das Aurelius nun schon kannte.
„Uns allen fällt die Warterei doch ebenso schwer, Huo", entgegnete Aurelius. „Auch wir würden am liebsten sofort die Suche nach den Kindern aufnehmen. Aber wir müssen besonnen vorgehen. Kennst du das Wort *besonnen*, Huo?"
Ein verächtliches Schnauben erklang am Fenster.
„*Besonnen* bedeutet, dass wir achtsam sein müssen, nichts überstürzen dürfen und nur das tun, was keine neuen Probleme schafft. Verstehst du, lieber Drache?"
Huo gab einen Ton von sich, den alle im Raum als Zustimmung verstanden.
„Ich danke dir für deine Geduld, Huo. Und glaub mir,

so ist es das Beste und das Sicherste für uns alle, mein Freund."
Huo quietschte zustimmend und Aurelius hielt ihm wieder die Hand entgegen, damit der Drache seine Nähe genießen konnte.
„Das ist für uns alle nicht leicht", flüsterte Alex' Großvater und sah, wie Oma Ilse auf dem Boden zustimmend nickte.

Itzel hatte sich die ganze Zeit im Hintergrund gehalten. Doch nun trat sie vor die Freunde in ihren Sauerstoffblasen und baute sich vor ihnen auf.
„Ihr habt mir ganz schön zugesetzt vor meinem Tempel", sagte sie erbost. „Als ich damals hörte, wie gefährlich ihr alle seid, habe ich das unterschätzt. Nur deshalb konntet ihr uns überrumpeln und flüchten. Aber das wird euch nicht wieder gelingen, denn inzwischen weiß ich euch einzuschätzen. Außerdem haben wir mit Iskhuros jemanden an unserer Seite, der sich nicht überrumpeln lässt. All eure Magie ist hier unten wertlos. Und alle eure Tricks werden wir

sofort durchschauen.“ Sie blickte hinter sich. „Lasst euch überraschen. Wir haben uns etwas Wunderbares für euch einfallen lassen.“

Itzel nickte Iskhuros zu.

Im nächsten Moment geschah etwas Merkwürdiges. Plötzlich bebte der Boden unter ihnen. Die Freunde in den Sauerstoffblasen stützten sich mit den Händen erschrocken an den Innenwänden ab, um Halt zu finden. Iskhuros, Itzel und Argus wankten kurz, doch dann war das Beben auch schon vorbei.

Iskhuros schaute sich besorgt um, beschloss jedoch, nicht auf das einzugehen, was gerade geschehen war, und hob stattdessen die Arme und reckte seinen Stab in die Höhe. Im selben Moment erhoben sich die fünf Sauerstoffblasen und schwebten ein Stück weit über den Meeresboden, der in diesem Moment wieder erzitterte und bebte.

Während Iskhuros sich noch einmal besorgt umschaute, ignorierte Itzel das Rumoren. „Geleitet uns zu eurem neuen Zuhause“, bat sie spöttisch und Argus ließ sein krähenhaftes Lachen hören.

Anscheinend wusste auch er, was Alex und seinen Freunden bevorstand.

„Hach, wie in alten Zeiten!“, rief Bim begeistert aus. Sie stand auf Kadabras Nacken und hielt sich an ihrem Fell fest, während die Katze mit riesigen Schritten durch die Straßen lief.
Natürlich wusste Bim, dass sie Unsinn redete. Schließlich hatte sie nur wenige Tage in Alex' Gestalt leben müssen. Doch jetzt, zurückverwandelt in ihren Mäusekörper, mit ihrer besten Freundin Kadabra an der Seite, spürte sie, wie sehr ihr das Leben als Tier gefehlt hatte.
„Ich weiß aber noch immer nicht, ob es mir gefällt, dass ich wieder wie ein Pferd genutzt werde. Das ist eigentlich nicht mein Stil. So ein Pferd ist groß und laut. Und ich bin so elegant und so leise.“
Für Bim gab es darauf nur eine Antwort. „Hach, wie in alten Zeiten!“, schmetterte sie laut, wurde allerdings schnell wieder ernst, denn natürlich hatte sie nicht vergessen, was hier gerade vor sich ging.

Kaum hatte die untergehende Sonne die Stadt vorhin in ein tiefes rotes Licht getaucht, da war das Wohnzimmerfenster wieder aufgeschwungen und alle hatten Huos ungeduldiges Schnaufen gehört.

Und nun waren sie unterwegs. Mit ihren feinen Mäuseohren konnte Bim die Flügelschläge über sich hören. Huo begleitete Bim, Kadabra und Baklebrud in einigen Metern über ihren Köpfen auf dem Weg zur Straßenbrücke. Bim war überzeugt, dass nur feinste Tierohren diese Flügelschläge hören konnten. Daher hatte sie Aurelius vorhin zugestimmt, den einbrechenden Abend abzuwarten und erst dann die Suche zu beginnen. Jetzt waren nur noch vereinzelt einige Menschen unterwegs, und die Gefahr, entdeckt zu werden, war viel geringer.

„Ihr glaubt wirklich, dass uns das etwas bringt?“,

hörte sie Baklebrud an ihrer Seite fragen. „Wir waren doch vorhin schon an der Brücke. Da war niemand."
„Aber von dort sind sie wahrscheinlich verschwunden", wandte Kadabra ein. „Vielleicht finden wir einen Hinweis darauf, was geschehen ist."
„Außerdem ... was sollen wir sonst tun, Baklebrud? Was denn?", meint Bim.
Das sah der Kater ein. Schweigend legten sie den Rest der Strecke zurück, bis sie die Straßenbrücke erreicht hatten.
Bim, Kadabra und Baklebrud hörten, wie Huo neben ihnen auf dem Feldweg landete. Er schnaubte verächtlich.
Sie blickten sich um. Schnüffelten. Riefen die Namen der Freunde. Öffneten all ihre Sinne und Instinkte. Aber es half nichts. Es gab keinen Hinweis, keine Spur, keine Anzeichen, keine Erklärung für das, was mit den Freunden passiert sein könnte oder wohin sie verschwunden waren.
Bim trat in eine der winzig kleinen Pfützen am Feldrand. „Die war heute Mittag viel größer", sagte

sie und wunderte sich selbst, dass sie sich dafür interessierte. Sie sollte sich doch Gedanken machen, wohin ihre Freunde verschwunden waren. Was sollten da Überlegungen zu Wasserspuren am Wegrand helfen?

„Dumme Bim", schimpfte sie mit sich selbst und blickte zu ihren Freunden. „Ob Aurelius wohl mehr Erfolg hat?", fragte sie flüsternd.

Aurelius hoffte auf einen Glücksfall. Auf einen Zufallstreffer. Einen Geistesblitz. Doch sosehr er auch die Bücher in seinem Dachbodenzimmer durchwühlte, er fand keine Eintragung, die ihm auch nur einen Hinweis gegeben hätte, was mit Alex, Sahli und den anderen geschehen sein könnte.

„Ein Magier verliert nicht einfach seine Fähigkeiten", knurrte er vor sich hin. „Schon gar nicht ein so junger und mächtiger Magier, wie Sahli es inzwischen ist. Daran glaube ich nicht. Es muss einen Grund geben."

Er überflog die Seiten all seiner Magiebücher und Zauberlexika. Alle Artikel, die er fand, verwiesen darauf, dass der Verlust magischer Kräfte meistens auf andere Magier zurückging, die mit ihrem Zauber die Magie gestohlen oder vernichtet hatten.

„Argus kann das aber nicht", grübelte Aurelius. „Sahlis Magie geht auf seine Magie zurück. Sahlis Magie zu zerstören, würde bedeuten, einen Teil seiner eigenen Magie zu vernichten. Die Gefahr, dass er dadurch selbst seine Kräfte verliert, ist zu groß. Außerdem ... wenn das alles so einfach wäre, dann hätte er das doch längst getan und Sahlis Magie schon viel früher verschwinden lassen."

Aurelius stöhnte, atmete tief ein und drückte seinen schmerzenden Rücken durch. Alles in ihm schrie nach einer Pause. Doch diesen Wunsch durfte sich Aurelius nicht erfüllen.

„Fangen wir noch mal von vorne an", sagte er und beugte sich erneut über den Stapel der dicken Bücher.

„Ich wüsste nur gern, ob Ilse mehr Erfolg hat", dachte er, bevor er sich wieder in die Bücher vertiefte.

Oma Ilse hörte Aurelius oben seufzen und da seufzte sie ebenfalls.

„Du hast wohl kein Glück bei deiner Suche“, sagte sie so, als könnte er sie hören. „Dann lass es mich noch einmal versuchen.“

Sie stand vor der Kommode im Flur und ordnete noch einmal alle Armbanduhren, die vor ihr auf der Ablage lagen.

„Los, Alex!“, flüsterte sie. „Nimm Kontakt zu mir auf. Mach schon. Das mit den Uhren hat doch schon einmal geklappt.“

Einen langen Moment starrte sie auf die Uhrensammlung, bevor sie den Kopf hob und zu dem Spiegel blickte, der über der Kommode hing.

„Dann eben du, Sahli. Zeig dich im Spiegel wie schon einmal.“

Aber der Spiegel an der Wand blieb ebenso stumm wie die Uhren auf der Kommode.

Oma Ilse wandte den Kopf und schaute zu dem Telefon.

„So meldet euch doch“, bat sie flehentlich. „Alex,

Sahli, Liv, Sally! Ruft einfach an. Ich bin hier. Hier bin ich."

Als auch das Telefon sich weigerte, ging ihr Blick zum Fenster.

„Vielleicht du, Charda?", fragte sie in die Stille. „Magst du nicht zu mir hereingeflogen kommen als Vogel oder als Fledermaus?"

Sie hörte Aurelius von oben noch einmal enttäuscht seufzen und sie seufzte enttäuscht mit. Ihre Gedanken flogen den Tieren zu.

„Ob Bim, Kadabra, Baklebrud und Huo wohl mehr Glück haben?", überlegte sie, bevor sie ihre Aufmerksamkeit wieder auf die Uhren richtete und sich erneut bereit machte, auch nur den Hauch eines Lebenszeichens der Kinder und Chardas zu erhaschen.

Bim, Kadabra und Baklebrud sahen ein, dass sie an der Straßenbrücke nichts ausrichten konnten. Inzwischen war die Sonne fast untergegangen und sie hatten wirklich jeden Zentimeter abgesucht.

Huo schnaubte an ihrer Seite, und Bim glaubte, ihn zu verstehen.
„Magst du noch ein wenig über die Stadt hinwegfliegen, um die Suche zu erweitern?", fragte sie den unsichtbaren Drachen und erhielt ein zustimmendes Knurren zur Antwort.
Ihre feinen Tierohren hörten, wie Huo gleich darauf die Flügel ausbreitete und sich in die Lüfte schwang.
„Hoffentlich hat er Glück", murmelte Bim und kletterte auf Kadabras Rücken.
„Igitt", erklang es unter ihr. „Wieso hast du nasse Füße?"
Bim zeigte auf die kleine Pfütze. „Da bin ich aus Versehen hineingetreten", sagte sie.
„Die Pfütze ist mir heute Mittag schon aufgefallen", meinte Kadabra. „Da war sie allerdings noch viel größer. Es hatte mich gewundert, dass nur an dieser Stelle alles nass war. Das fand ich merkwürdig."
„Ja, ging mir genauso", stimmte Baklebrud ihr zu. „Aber wir sollten uns von so etwas nicht ablenken

lassen. Das hilft uns bestimmt nicht weiter. Lasst uns zu Aurelius und Ilse zurückkehren."

„Ja, guter Vorschlag", willigte Kadabra ein. „Vielleicht hatten sie mehr Glück."

Die zwei Katzen wandten sich um und rannten den Weg zurück.

DIE STADT UNTER DER STADT TIEF UNTEN IM MEER

Iskhuros war stolz, dass ihm sein Plan bisher so gut gelungen war. Natürlich hatte er das nie bezweifelt, aber es tat ihm gut, seinen Magierfreunden zu beweisen, wie mächtig er war und wie trefflich er seine Fähigkeiten beherrschte.

Nun fehlte nur noch das Finale seines Planes. Danach wäre er in der besten Position, weitere Vorteile für sich herauszuschlagen.

Er schielte unbemerkt zu Argus und dachte: „Dieser halbfähige Dschinn glaubt doch wohl nicht ernsthaft, dass er den neuen magischen Zirkel leiten wird! Ausgerechnet ein eitler Wüstenzauberer, der sich immer wieder von einem kleinen Jungen austricksen lässt. Was soll das denn für ein Zirkel werden? Eine Gruppe unbeholfener Magier, die über ihre eigenen kleinen Zaubertricks stolpert? Nein, ich werde mit Itzel gemeinsam meinen eigenen Zirkel fähiger Magier leiten. Dazu muss ich nur Argus loswerden. Und dafür muss ich erst diese Kinder und die Schwester loswerden. Dann sind all meine Probleme gelöst." Er lächelte hinterlistig. „Wir werden sehen."

Argus wunderte sich, dass Iskhuros zögerte. Der riesige Unterwassermagier stand unbeweglich vor den Sauerstoffblasen und schien seinen Gedanken nachzuhängen.

„Oder er genießt diesen Augenblick seines Triumphes", dachte Artus. Im Grunde gönnte er Iskhuros seinen Erfolg und das Hochgefühl, das er sicher gerade verspürte. Andererseits war Argus auch ein wenig neidisch. Immerhin wäre er selbst es gern gewesen, der Sahli und seine fürchterlichen Freunde besiegt hätte. Wie gern würde er dort stehen und den Triumph über diese unerträgliche Bande auskosten.

„Das muss mir jetzt egal sein", dachte er weiter. „Wichtig ist nur, dass Sahli gleich Vergangenheit ist. Dann werde ich einen neuen Zirkel ins Leben rufen. Einen Kreis von Magiern, mit denen ich neue Pläne schmieden und umsetzen kann."
Sein Blick blieb auf Iskhuros haften. „Und er dort", dachte Argus weiter, „wird ganz sicher nicht Teil dieses Zirkels sein. Soll er etwa allen erzählen können, dass ich seine Hilfe gebraucht habe? Wie würde ich in Zukunft dastehen vor allen anderen Magiern? Nein, ich überlege mir einen Trick, wie ich ihn mit Itzel zusammen überliste. Vielleicht können wir ihm seine Magie nehmen, sodass er niemals irgendjemand an Land aufsuchen und dieses Geheimnis ausplaudern kann." Er lächelte hinterlistig. „Wir werden sehen."
Itzel stand zwischen Iskhuros und Argus und sah, wie die beiden plötzlich gemein lächelten. Sie verdrehte die Augen. „Na, typisch!", dachte sie. „Da stehen die männlichen Magier und schmieden gewiss wieder Pläne. Pläne für sich selbst. Pläne für ihren Egoismus und ihren Wunsch nach noch mehr Macht. Und bei

allen Gedanken an sich selbst vergessen sie wieder einmal alles andere um sich herum."

Sie atmete tief ein und sagte: „Was ist denn nun? Wollen wir hier weiter Zeit vergeuden oder nicht lieber unsere Gefangenen versorgen?"

Iskhuros hörte auf zu lächeln und Argus hörte auf zu lächeln. Beide fühlten sich ertappt.

„So sei es denn!", rief Iskhuros, schwang seinen Stab und ging voraus.

Dem erneuten Beben, das den Meeresboden aufwirbelte, versuchte der Unterwassermagier keine Aufmerksamkeit zu schenken, doch Alex bemerkte seinen besorgten Blick.

Auch die Sauerstoffblasen mit den Gefangenen gerieten in Bewegung. Sie schwebten eine Handbreit über dem Meeresboden und folgten Iskhuros auf seinem Weg.

Alex stemmte beide Hände gegen die Innenwand seiner Blase und sah, dass seine Freunde das auch taten. Sie alle fühlten sich mies und wären am liebsten aus den Blasen gesprungen. Und natürlich fragten sie

sich auch alle, was Iskhuros mit ihnen vorhatte und wohin er sie brachte.
Jedem von ihnen stand die Sorge ins Gesicht geschrieben.

Bim, Kadabra und Baklebrud erreichten ihr Zuhause und trafen Oma Ilse im Hausflur an, wo sie vor einer Sammlung Uhren auf der Kommode stand und hoffnungsvoll in den Spiegel starrte. Die Tiere verstanden, dass sie fieberhaft darauf hoffte, Sahli würde seine Magie zurückerhalten und einen seiner Kontaktzauber aktivieren. Wenigstens einen. Und sei es nur für einen kurzen Moment. Nur damit Oma Ilse sah, dass es allen gut ging – und sie vielleicht erahnen könnte, wo sie alle steckten und warum Sahli seine Magie nicht mehr einsetzen konnte.
Mit langsamen Schritten kam Aurelius die Treppe herunter und sah enttäuscht aus.
„Die Bücher haben mir nur ein wenig geholfen“, informierte er die anderen. „Laut ihnen kann einem guten Dschinn wie Sahli die Magie nicht grundlos

wegbrechen oder abhandenkommen. Es braucht jemanden, der ihm diese Magie stiehlt. Und wir wissen ja, dass Argus das nicht sein kann, weil ihre Fähigkeiten aneinander gebunden sind."

Alle im Flur verstanden, was das bedeutete, doch nur Baklebrud sprach es aus: „Argus hat also einen Magier an der Seite, der übermächtig sein muss."

Bim wandte sich an Aurelius. „Und in deinen Büchern steht nicht, wer das sein kann?"

Aurelius sah sie bekümmert an. „Leider nicht, Bim. Da kämen Hunderte infrage. Und das sind nur die uns bekannten Magierinnen und Magier. Die Zahl der unbekannten ist bestimmt doppelt so hoch."

Oma Ilse streichelte mit den Fingerspitzen über einige der Uhren auf der Kommode. „Dann bleibt uns also nichts weiter übrig, als abzuwarten?", fragte sie.

„So sieht es wohl aus", antwortete Aurelius mit einer Stimme, aus der seine tiefe Enttäuschung herauszuhören war.

Bim seufzte traurig, Kadabra seufzte traurig. Und in diesem Moment ertönte ein weiterer enttäuschter

Seufzer vom offenen Fenster her. Huo hatte das Gespräch mit angehört. Das bedeutete, dass auch er erfolglos von seiner Suche nach den Freunden zurückgekommen war.

Bei aller Gefahr und aller Wut musste Alex lächeln. Er fühlte sich in diesem Moment wie bei seinem Besuch in der Stadt der Maya. Während sie in ihren schwebenden Sauerstoffblasen Iskhuros folgten, glitten Alex' Blicke hin und her. Atlantis war überaus faszinierend. Zu gern hätte er sich alles intensiv angeschaut, doch genau wie in der Stadt der Maya war hierfür weder Zeit noch Gelegenheit. Denn im Moment ging es darum, sich aus den Klauen der drei Magier zu befreien.

„Aber wie, verflixt?", fluchte er in seiner Blase. Sie waren gefangen, unter Beobachtung und ganz ohne Sahlis Magie. Noch dazu türmten sich über ihnen kilometerhohe Wassermassen, die sie niemals überwinden konnten.

Alex versagten die Beine. Ihm wurde schwindlig.

Und das lag nicht an dem Rumoren, das sich schon wieder über den ganzen Boden hinzog. Nein, in ihm setzte die Erkenntnis ein, dass sie zwar schon oft in ausweglosen Situationen gesteckt hatten, diese hier aber wohl die bisher aussichtsloseste von allen war.

Iskhuros' selbstzufriedenes Lächeln ging Argus langsam auf die Nerven. Aber er musste es aushalten. Zumindest so lange, bis er wusste, was genau dieser Unterwassermagier bezweckte und wie sein Plan aussah.

Itzel ging zwischen den beiden und genoss diesen einzigartigen Moment. Sie spürte, dass ihre Idee, Iskhuros um Hilfe zu bitten, genau das Richtige gewesen war.

Argus schäumte. Denn anscheinend wusste Itzel bereits, was Iskhuros vorhatte, und das ging Argus ebenso auf die Nerven wie das dämliche Grinsen des Riesen. Er war nicht eingeweiht, musste aber mitspielen. Das passte ihm nicht.

Als Itzel auch noch zu ihm sagte: „Wir sind gleich da",

bestätigte sich sein Verdacht und er wurde nur noch gereizter.
Plötzlich bog Iskhuros von der Straße ab und ging auf ein besonderes Haus zu. Im Gegensatz zu den anderen Häusern in Atlantis hatte dieses keine Fenster, sondern nur einen riesigen bogenförmigen Eingang. Da es über und über von Algen überwuchert war, wirkte das Gebäude wie ein gigantischer schlafender Fisch mit weit geöffnetem Maul.
Argus blickte sich um und bemerkte, dass dieses Haus weit besser erhalten war als die übrigen Gebäude der Stadt.
„Wieder ein Tempel?", wandte er sich an Itzel. „So wie bei deinem Maya-Volk?"
Sie hob die Hand und antwortete nur: „Warte es ab, lieber Argus", was den Dschinn fürchterlich ärgerte. Langsam fiel es ihm schwer, seine Wut zu unterdrücken und zu verbergen.
Alex gefiel das alles überhaupt nicht. Er wollte schon nicht unter dem Meer sein. Aber in dieses bedrohliche Gebäude wollte er erst recht nicht. Doch es blieb

ihnen nichts anderes übrig. Im Moment mussten sie sich das alles gefallen lassen. Ganz bestimmt aber kam noch der Punkt, an dem sie sich wehren konnten. Zumindest hoffte Alex das inständig. Nun ging es vor allem darum, endlich aus dieser blöden Blase herauszukommen.

Iskhuros betrat das Gebäude, Itzel und Argus folgten ihm und auch die fünf Sauerstoffblasen schwebten hinter den Magiern her. Dunkelheit umfing sie, zumindest anfangs. Dann jedoch kamen Alex und seine Freunde aus dem Staunen nicht mehr raus. Denn so furchteinflößend das Gebäude von außen auch gewirkt haben mochte, innen war es wunderschön. Aus einer unbekannten Quelle erleuchtete ein dämmeriges Licht den Innenraum, dessen Wände mit glitzernden Farben bemalt waren. Sie zeigten Bilder, die den Alltag der Menschen in Atlantis darstellten: Marktszenen, Arbeiter auf dem Feld, Kinder in Schulen, Hirten und Viehtreiber mit ihren Herden, Freunde im Gespräch.

Diese Stadt musste einmal sehr prächtig gewesen sein

und die Menschen auf den Wandgemälden sahen friedliebend und glücklich aus.
Das Gebäude zog sich in die Länge und die Bilder und Szenen schienen kein Ende zu nehmen. Alex sog jede einzelne Zeichnung auf wie ein Schwamm. Er fand die Wandgemälde wunderschön und genoss die aufheiternde Stimmung, die sie in ihm auslösten.

Doch mit einem Mal war Schluss mit den Bildern von Atlantis. Alex erahnte auch, warum. Dieses abrupte Ende der Galerie bezeugte vermutlich den Moment, in dem die Stadt unter riesigen Fluten begraben worden war.
Alex streckte eine seiner Hände den Menschen auf den Bildern hinter sich entgegen. „Ich hoffe, ihr konntet

euch alle retten“, flüsterte er ihnen zu. „Ich hoffe, ihr seid früh genug gewarnt worden, damals.“
Seine melancholische Stimmung verschwand abrupt, als die Sauerstoffblase heftig ruckte. Alex erschrak, ging wieder in die Hocke, um sich zu stabilisieren, und schaute nach vorn. Zu seiner Überraschung wurden sie jetzt in die Tiefe geführt. Der Weg

durch das Gebäude führte an dieser Stelle steil bergab. Die Wände waren nicht mehr so glanzvoll. Statt auf Fliesen und Bilder blickte Alex nun auf graubraune Steinwände, in die dieser Gang offensichtlich geschlagen worden war. Es waren rissige, großporige Wände, die sie jetzt zu allen Seiten umgaben.
Aus dem tiefen Inneren leuchtete es ihnen noch

immer dämmerig entgegen. Ohne diese Lichtquelle wären sie durch völlige Dunkelheit gegangen.
Je weiter sie gingen, desto wärmer wurde es um sie herum. Alex war das anfangs nicht aufgefallen, doch als sie ein gutes Stück des steilen Weges zurückgelegt hatten, spürte er, wie er ins Schwitzen geriet. Und den anderen schien es ebenso zu ergehen.
Das Beben, das sie schon öfter aufgeschreckt hatte, ließ den Boden unter ihnen abermals zittern. Dieses Mal etwas stärker als vorher.
Alex sah nach seinen Freunden. Sie alle schauten sich ratlos um und versuchten zu verstehen, was hier geschah.
Der Weg schien kein Ende zu nehmen. Tiefer und tiefer wurden sie geführt, bis Alex etwas entdeckte, das ihn noch mehr faszinierte als alles andere zuvor. Auch hier entdeckte er plötzlich auf dem grauen Stein wieder Wandbilder. Allerdings nicht so prachtvoll wie vorhin, als sie oben durch das Gebäude geführt worden waren. Nein, diese Bilder ähnelten eher Wandzeichnungen aus Neandertalerhöhlen. Sehr

primitive Strichzeichnungen, die Menschen beim Jagen zeigten oder wie sie um ein Feuer tanzten oder in einer Gruppe hintereinander durch einen Wald gingen.
Kurz darauf blieben sie alle stehen, die drei Magier vorweg und die fünf Sauerstoffblasen dahinter.
Sie standen in einer Art Höhle, in der Reste von primitiven Hütten zu sehen waren. Der großporige graubraune Stein zog sich wie die Kuppel eines Zirkuszelts über dieses anscheinend steinzeitliche Dorf hinweg.
Iskhuros drehte sich um und stellte sich so, dass alle ihn sehen konnten.
„Herzlich willkommen in dem ganz frühen Atlantis", sagte er und genoss die fragenden und überraschten Blicke. „Diese Stadt scheint unter einem besonderen Fluch zu stehen", fuhr er fort. „Denn es ist nicht nur so, dass sie einst von gigantischen Meeresfluten überspült worden und versunken ist, wie die Menschheit vermutet. Nein, es gab außerdem noch dieses frühzeitliche Dorf. Obwohl man es auch eine Stadt nennen könnte, denn es war riesig für

die damaligen Verhältnisse. Zu einer Zeit, als diese Ebene noch trockenes Land war und Säbelzahntiger und Mammuts darauf lebten, hatten sich bereits Menschen hier angesiedelt und ihre Häuser gebaut. Sie hatten gejagt und gesammelt und waren glücklich, wie ihr auf den Zeichnungen an den Wänden leicht erkennen könnt."

Itzel trat vor. „Was ist geschehen?"

Iskhuros deutete mit seinem Stab auf eine Stelle, die wie ein Brunnen wirkte. Aus dem Loch im Boden erstrahlte das feine, dämmerige Licht, das sie bis oben wahrgenommen hatten.

„Sie konnten nicht ahnen, dass sie ihre Siedlung viel zu nah an einem Vulkan gegründet hatten", antwortete Iskhuros. „Das Loch, das ihr dort seht, führt wohl direkt in das Innere des Vulkans. Es gibt mehrere solcher Verbindungen, wodurch auch die obere Stadt Atlantis immer erhellt wird. Und das, obwohl sie so tief unter der Meeresoberfläche liegt, dass hier eigentlich tiefste Dunkelheit herrschen müsste. Ihr habt es ja erlebt."

Alex ließ seinen Blick über das Gestein gleiten, das sie kuppelartig umgab, während Argus die Frage stellte, die Alex gerade durch den Kopf ging. „Heißt das, wir stehen hier unter Lavagestein?"
Iskhuros nickte. „Ich vermute, es hat einen Ausbruch gegeben, bei dem der Vulkan seine Lava über das Dorf hinweggespuckt hat. Daraus hat sich diese Form ergeben, die das urzeitliche Dorf wie eine geschlossene Höhle umschließt. Ein Leben darunter war gewiss nicht mehr möglich, ganz ohne Licht und Sauerstoff. Ich hoffe nur, dass die Menschen sich noch frühzeitig in Sicherheit bringen konnten, um woanders ein neues Dorf zu errichten."
Itzel legte den Kopf in den Nacken. „Und auf dem Lavagestein, das dieses Dorf überschüttet hat, wurde Atlantis gebaut."
„Exakt, meine Liebe. Eine Stadt, so prachtvoll und prunkvoll, wie man es sich nur wünschen kann. Von klugen und geschickten Menschen erbaut, direkt am Meer gelegen, sodass sie leicht Handel treiben konnten. Das Meer brachte den Reichtum, doch es

brachte auch den Untergang. Ich vermute, dass es wiederum dieser Vulkan war, der die verheerenden Meereswellen heraufbeschworen hat.“ Er deutete erneut zu dem Licht in der Bodenöffnung.

Für einen Moment herrschte Schweigen. Alle dachten über das nach, was sie sahen und gehört hatten. Alex verspürte ein tiefes Mitgefühl mit den Menschen, die gleich zweimal diesem gefährlichen Vulkan ausgesetzt gewesen waren. Er versuchte, sich das alles vorzustellen: das Leben der Menschen und den Ausbruch des Vulkans.

Doch er kam nicht weit, denn Argus’ gereizte Stimme unterbrach Alex’ Gedanken.

„Das ist ja alles ganz nett und interessant“, bemerkte er spöttisch. „Aber wir sind nicht zum Vergnügen hier. Was hat all das mit Sahli und seinen Freunden zu tun?“

Iskhuros stellte sich in die Mitte der Ebene, sodass das Licht der Bodenöffnung direkt auf ihn fiel. Das verlieh ihm eine strahlende Aura, was ihm sicher bewusst war. Denn die Wirkung war überwältigend.

„Du ahnst es noch nicht, mein lieber Argus?“, fragte er langsam, wobei er jedes Wort betonte. „Itzel hat mich gebeten, deine Widersacher verschwinden zu lassen. Und hier siehst du den Ort, den ich für sie erwählt habe. Dies wird ihr Gefängnis sein für die kommenden Jahre, Jahrzehnte und Jahrhunderte. Weitab von ihrer eigenen Welt, weitab von jeglicher Menschheit, weitab von jedem, der ihnen zu Hilfe eilen könnte. Von mir und meinen Untergebenen bewacht.“

Argus hörte die Worte. Argus verstand die Worte. Argus liebte die Worte.

Sein Gesicht hellte sich auf und mit einem teuflischen, zufriedenen Grinsen schaute er auf Sahli.

„Das war's also endlich, mein Freund“, sagte er und trat ganz nah an Sahli heran. „Ab sofort habe ich Ruhe vor dir und kann mich wieder meinen Geschäften und meiner Magie widmen. Du hast meine Pläne zum letzten Mal durchkreuzt!“

Er lachte sein krächzendes Lachen und wandte sich an Iskhuros: „Wie gehen wir nun vor?“

Iskhuros deutete zu dem Gang, den sie gekommen waren. „Wir werden uns nun zurückziehen, um über unsere gemeinsame Zukunft zu sprechen. Deine Freunde bleiben hier. Ich werde den Gang mit einem riesigen Felsblock versperren, den nicht einmal Sahli und Charda mit ihrer gemeinsamen Magie fortbewegen könnten. Geschweige denn ohne seine Magie. Dann können sie es sich hier bequem machen. Es gibt ausreichend Sauerstoff, und sie können das kleine Dorf wiederbeleben, das es hier einst gab. Das heißt ..." Er wandte sich den Gefangenen in ihren Blasen zu. „Das heißt, ihr könnt es euch hier gemütlich machen und es euch gut gehen lassen. Keine Angst, ihr werdet versorgt."

Er lenkte die Aufmerksamkeit aller auf einen kleinen See, der am gegenüberliegenden Ende der Lavahöhle lag. „Dort leben eure Bewacher und Beschützer. Sie werden dafür sorgen, dass ihr immer genug zu essen habt. Ich bin schließlich kein Unmensch!"

Argus lachte erneut laut und auch Itzel schien sich über diese Pläne zu freuen.

„Und nun hinfort mit uns!“, rief Iskhuros, wandte sich ab und ging den steilen Gang hinauf, dicht gefolgt von Itzel und Argus. Der Dschinn konnte es sich nicht verkneifen, Sahli noch einmal zuzuwinken. Er streckte ihm sogar die Zunge heraus. Er musste wirklich allerbester Laune sein.
Nachdem die drei Magier verschwunden waren, erklang ein donnerndes Grollen, und ein massiger Felsbrocken bohrte sich in den Zugang zu dem steilen Weg und verschloss ihn wie eine passgenaue Tür. Gestein rieselte von der Decke, das Beben des Meeresbodens war erneut zu spüren, doch als sich alles gelegt hatte, entstand eine Stille, die sich wie eine Decke um die Freunde legte. Sie standen noch immer in ihren Sauerstoffblasen da und versuchten zu begreifen, was hier gerade geschah – bis ein lautes, ploppendes Geräusch ertönte.
Alex' Blase hatte sich aufgelöst und er stand völlig frei auf der steinzeitlichen Ebene. Im ersten Moment wagte er nicht zu atmen. Doch dann erinnerte er sich an Iskhuros' Zusage, dass es hier unter der Lavadecke

genügend Sauerstoff gab. Er riskierte einen kurzen Atemzug. Es funktionierte. Er bekam ganz normal Luft.

Alex versuchte es ein zweites Mal, als es hinter ihm wieder laut ploppte. Sahlis Blase hatte sich aufgelöst und gab ihn frei. Schließlich ploppte auch Sallys Blase auf, dann Livs und zuletzt Chardas. Da sie Alex bei seinen Atemversuchen beobachtet hatten, wagten sie es nun ebenfalls, tief einzuatmen, und stellten erleichtert fest, dass es gelang.

Doch dieser Erleichterung folgten sofort die Furcht und die Sorge über ihre Situation. Alle ließen ihre Blicke über die Ebene schweifen, die so weit von ihrem Zuhause entfernt war, dass sie auch auf einem fremden Planeten stehen könnten.

„Und jetzt?“, durchbrach Livs Stimme endlich die Stille. „Was tun wir jetzt?“

Die Reaktion auf ihre Frage war erneut lähmende Stille. Denn niemand von ihnen wusste eine Antwort.

DAS GEFÄNGNIS AUS LAVA

Alex fiel nur eine Möglichkeit ein, die bedrückte Stimmung zu beenden. Er drehte sich zu seinen Freunden um und streckte die Hände nach ihnen aus. Sahli ließ sich zuerst in den Arm nehmen. Ihm folgten die Zwillinge und auch Charda breitete die Arme aus und umarmte die Gruppe. So standen sie einige Zeit beieinander, um sich Kraft und Trost zu spenden.

Am Ende war es wieder Alex, der sich als Erster aus der Gruppe löste.

„Dieses Mal stecken wir aber buchstäblich tief in Problemen. Ich gebe es ja nicht gern zu, aber dieser Iskhuros hat was drauf. Dieses Gefängnis ist besser durchdacht als alles, was sich Argus mit seinem früheren Zirkel ausgedacht hat.“

„Hier kommen wir niemals raus“, sagte Liv unglücklich. „Selbst wenn wir es aus dieser Ebene schaffen würden, könnten wir ohne Iskhuros’ Sauerstoffblasen nicht bis zur Meeresoberfläche tauchen.“

„Und Chardas und Sahlis Magie ist hier unten wirkungslos“, gab Charda zu bedenken.

Sally versuchte, die Stimmung etwas aufzuheitern. „*Just listen to me.* Wir sollten erst einmal glücklich sein, dass wir gesund und beieinander sind. Stellt euch vor, jeder hätte ein eigenes Gefängnis bekommen oder wir hätten in diesen fürchterlichen Blasen bleiben müssen. Jeder für sich. Das wäre *terrible* gewesen.“

„Das stimmt schon“, gab Sahli ihr recht. „Natürlich ist das hier besser als ... als ...“ Er stutzte. Etwas hatte seine Aufmerksamkeit erregt. Etwas in dem Teich, der auf der gegenüberliegenden Seite der Ebene lag. „Was ist das?“, fragte Sahli und lief zu dem Teich.

Die anderen folgten ihm gebannt.

Schon nach wenigen Schritten erkannten sie, was Sahli bemerkt hatte: Ein kleiner Fischkopf schaute aus dem Wasser hervor. Eine neugierige Schnauze. Die runden Kulleraugen blickten den Freunden entgegen, als sie den Teich erreichten. Der Fisch zeigte keine Spur von Angst. Im Gegenteil. Er schaute noch ein Stückchen weiter aus dem Wasser hervor, und es schien, als lächelte er den Freunden zu. Dieser Eindruck entstand vielleicht aber auch, weil dieser Fisch ein sehr besonderes Maul hatte – breit und nach vorne leicht spitz zulaufend und abgerundet.

„Diese kleinen Augen", grübelte Alex. „Dieser komische breite und doch zarte Mund. Dazu das fast leopardenhafte Muster. Das ist doch ..."

Er suchte fieberhaft in seinen Erinnerungen.

„Das ist doch ..."

Er blätterte in Gedanken seine Bücher durch.

„Das ist ..."

Ihm fiel eines seiner Dinosaurierbücher ein.

„Ein D... ein Di..."

Das Dinosaurierbuch mit dem extra langen Kapitel über die prähistorischen Meerestiere.
„Ein Dip... ein Dip..."
Sally sah Alex von der Seite an. „Geht es dir gut?", fragte sie. „Du gibst so merkwürdige Laute von dir."
„Dipnoi!", schrie ihr Alex entgegen und jetzt machte sich Sally erst recht Gedanken um seinen Gesundheitszustand.
„Ist alles in Ordnung, Alex?", hakte sie noch einmal besorgt nach.
Doch Alex achtete nicht auf sie, sondern zeigte auf den Fisch im Teich. „Das ist ein Dipnoi. Ein sogenannter Lungenfisch. Ich hab mir das gemerkt, weil ich den Namen so witzig finde: Dipnoi."
„Lungenfisch?", erkundigte sich Liv.
„Ja, ein prähistorisches Tier." Alex kramte erneut in dem Dinosaurierwissen seiner Erinnerungen.
„Lungenfische gehören zu den Tieren, die den Übergang vom Wasser- zum Landtier markieren. Denn sie haben beides: Kiemen und Lungen. Das heißt, sie können an Land und im Wasser überleben."

Wie als Beweis für das, was Alex erklärte, tauchte der Fisch nun so weit aus dem Wasser heraus, dass die Hälfte seines Körpers sich an Land befand. Er war sehr eindrucksvoll mit seinem langen, glatten Körper und dem Gesicht, das durch die kleinen Augen und den breiten Mund so fröhlich und freundlich wirkte. Die Flossen an seinen Seiten waren sehr schmal, beinahe so, als hätte die Natur sich nicht entscheiden können, ob sie diesem Fisch lieber Arme oder Flossen geben sollte, was wiederum Alex' These unterstrich.

Die Freunde gingen näher heran.
Sahli ging in die Hocke, um das Tier aus der Nähe zu betrachten. „Beeindruckend", murmelte er. „Es kann an Land und im Wasser leben."
„Und sogar sprechen", antwortete der Fisch – und Sahli landete vor Schreck auf seinem Hintern. Der Fisch kicherte kurz, bevor er sagte: „Zumindest kann ich sprechen, denn immerhin gehöre ich einem der mächtigsten Magier, die es je gegeben hat. Iskhuros. Zumindest sagt er immer, dass er groß und mächtig ist. Und da er sehr groß ist, glaube ich ihm auch, dass er sehr mächtig ist."
Liv zog Alex am Ärmel und fragte leise: „Bist du sicher, dass das ein Lungenfisch ist und nicht eher ein Plapperfisch? Der quatscht ja mehr und schneller als unsere Geschichtslehrerin."
„Das hab ich gehört", rief der Dipnoi mit gespielter Empörung, doch dabei lächelte er mit seinem spitzen Mund, was sehr ulkig aussah. „Ja, ich spreche gern und viel. Aber mir hört sonst niemand zu. Keiner mag mich sprechen hören. Nicht einmal Iskhuros, der

mit seinem Zauber ja erst dafür gesorgt hat, dass ich sprechen kann. Aber er erteilt nur Befehle und will ein *Ja, mache ich* als Antwort von mir hören."

Sahli ging erneut vor dem Fisch in die Hocke. „Hat er dir einen Befehl erteilt, der uns angeht?"

Der Dipnoi nickte. „Er hat gesagt, ich soll für euch sorgen. Ich werde euch mit frischen Algen versorgen, damit ihr nicht hungern müsst."

„Algen?" Sally verzog das Gesicht. „Mir fehlt jetzt schon das Essen von Oma Ilse."

Der Dipnoi überging ihren Einwand und redete einfach weiter. „Frisches Trinkwasser sprudelt aus einer Quelle vorn am Weg, den ihr gekommen seid. Iskhuros hat sie mit seiner Magie entstehen lassen. Ihr seht also, es wird euch gut gehen bei uns. Ich werde euch jeden Tag besuchen und euch von mir erzählen und ..."

Nun verzog auch Liv das Gesicht. „Ich vermisse nicht nur das Essen von Oma Ilse", seufzte sie. „Ich vermisse mein ganzes Leben."

Diesen Satz konnte der Dipnoi nicht ignorieren.

„Ach, es wird schon nicht so schlimm werden. An Algen werdet ihr euch gewöhnen. Auch dreimal am Tag. Außerdem haben wir uns und können uns Geschichten erzählen und füreinander da sein. Es tut mir leid, dass ich nicht mehr für euch tun kann, aber das, was ich tun kann, mache ich mit Freude für euch."

Dem Fisch ging das Schicksal der Freunde wohl wirklich sehr zu Herzen. Das rührte Alex – und ihm kam ein Gedanke.

Er trat an Sahlis Seite und ging ebenfalls vor dem Dipnoi in die Hocke. Dabei griff er nach der Zauberkugel, die Sahli murmelgroß vor sich abgelegt hatte.

Alex hielt die Kugel vor den Lungenfisch und sagte freundlich: „Weißt du, du musst dir gar nicht so viel Mühe geben mit uns."

Der Dipnoi sah ihn interessiert an. „Was meinst du damit?"

„Na, wir könnten uns selbst versorgen." Er hielt die Zauberkugel vor die winzigen Augen des Fischs.

„In dieser Kugel steckt normalerweise etwas Magie. Mit ihrer Hilfe könnten wir uns unser eigenes Essen hierherzaubern und ein paar Möbel und mehr Licht und ...“

„... vielleicht einen Fernseher und Popcorn!“, rief Sally von hinten.

Alex lächelte und sprach weiter mit dem Dipnoi.

„Verstehst du? Du müsstest also gar keine Zeit damit verschwenden, für uns Algen zu sammeln, sondern könntest einfach hier bei uns bleiben, dir auch unsere Geschichten anhören oder ...“

„... mit uns fernsehen und Popcorn naschen“, kicherte dieses Mal Liv. Die beiden Mädchen klatschten sich ab.

„Genau“, meinte Alex. „Wir könnten dir Dinge aus unserer Welt vorstellen, an denen du bestimmt Freude hättest.“

„Was ist ein Fernseher? Und was ist Popcorn?“, erkundigte sich der Dipnoi interessiert.

Sahli kicherte. „Oh, ich hab auch erst lernen müssen, was das alles ist.“

Alex schöpfte Hoffnung. Sein Plan schien zu funktionieren. Der Dipnoi war auf ihrer Seite. Nun musste er nur vorsichtig das eigentliche Thema ansprechen.

„Wir würden dir das alles gern zeigen, aber dafür …“

Er hielt die Kugel noch etwas näher an den Fisch.

„… müsste sich die Magie in dieser Kugel entfalten. Oben auf der Erde ist das kein Problem. Doch hier unten im Meer ist die Kugel ruhiggestellt. Wenn du also herausfinden könntest, wie …“

Der Dipnoi wedelte aufgeregt mit seiner Schwanzflosse. „Oh, das darf ich nicht!“, rief er hektisch und unglücklich zugleich. „Das darf ich leider nicht.“

„Wieso? Was …?“

„Iskhuros hat mir ganz klar gesagt, dass ich vorsichtig sein soll, wenn ihr das Thema Magie ansprecht. Er hat mich gewarnt, dass ihr mich vielleicht austricksen wollt und …“

Alex hob beschwichtigend die Hand. „Aber nein, du hast mich falsch verstanden. Niemand möchte dich

austricksen. Wir wollen nur unsere gemeinsame Zeit schön und spannend gestalten."
Der Dipnoi war nicht überzeugt. „Nein, tut mir leid. Ich kann mich Iskhuros' Befehlen nicht widersetzen. Ich muss tun, was er sagt."
Wieder bebte der Meeresboden. Doch das war hier unten inzwischen fast schon selbstverständlich. Zumindest kam es Alex so vor. Darum schenkte er dem Beben auch keine Beachtung, sondern drehte sich Sahli zu, der ihm mit einem Augenzwinkern die Hände entgegenstreckte.
Alex verstand. Er übergab Sahli die Zauberkugel und war gespannt, was sein Freund damit vorhatte.
Sahli ließ sie in seinen Händen hin und her gleiten. „Hat er dir denn direkte Befehle zu dieser Kugel gegeben?", fragte er.
„Nein", antwortete der Fisch kurz und knapp, wobei er Sahlis Spiel genau beobachtete. „Er sagte nur, ich solle vorsichtig sein, wenn ihr das Thema Magie ansprecht."
Sahli bemerkte das große Interesse des Dipnois. Seine

Blicke klebten geradezu an Sahlis Fingern und der Kugel. Also hielt Sahli sie wie zufällig noch näher an den Fisch und spielte weiter.

„Mit dieser Kugel könnten wir uns das Leben hier wirklich verschönern. Das kannst du uns glauben. Und ...“

Sahli bemerkte, dass der Fisch ihm gar nicht mehr zuhörte. Der Dipnoi war völlig vertieft in das Zauberkugelspiel. Also schwieg Sahli erst einmal und ließ die Kugel weiter über seine Finger und die Handinnenflächen gleiten.

„Das ist wirklich schön“, schwärmte der Dipnoi plötzlich.

„Was meinst du?“, hakte Sahli nach. „Die Kugel?“

„Die auch. Aber auch das andere da.“

Sahli stutzte. In seinen Händen hielt er doch nur die Kugel.

„Das andere?“

„Wie nennt ihr das?“, fragte der Dipnoi.

„Was meinst du denn?“

„Na, das da“, antwortete der Dipnoi und wedelte

aufgeregt mit der Schwanzflosse. „Das, was Iskhuros auch hat."
Hilfe suchend schaute Sahli zu Alex, doch der zog auch nur ratlos die Schultern in die Höhe. Also wandte sich Sahli den Zwillingen zu, die aber ebenfalls irritiert zurückschauten.
Bis Charda plötzlich lächelte. Sie hatte verstanden, was der Dipnoi meinte. Und es wunderte Alex nicht, dass sie mit ihrer Vermutung recht hatte. Immerhin war sie eine Gestaltwandlerin und konnte damit die Gedanken des Lungenfisches nachempfinden.
Charda trat nach vorn, zeigte auf Sahlis Hände und fragte: „Meinst du diese Finger?"
Der Dipnoi legte den Kopf schief. „Nennt man das so, was sich am Ende eurer Flossen befindet? Finger?"
Charda lachte und strich mit ihrem Zeigefinger über Sahlis Arm und Hand. „Das hier ist keine Flosse, das nennen wir Arm. Das hier ist eine Hand und daran sitzen die Finger."
„Die wackeln so schön", seufzte der Dipnoi so schwärmerisch, dass Charda wieder lachen musste.

„Ja, ich verstehe, was du meinst, aber Finger sind nicht nur zum Wackeln da. Mit ihnen kann man zeigen oder greifen oder Instrumente spielen oder ..."

Sahli erkannte seine Chance und stieg mit in das Gespräch ein. „Wir könnten dir das alles zeigen, wenn du uns hilfst, die Kugel mit Magie zu füllen."

„Aber ..." Der Dipnoi dachte über das Angebot nach. „Aber ..." Er verstand, was Sahli meinte. Nur war es nicht das, was er sich wünschte.

Wieder war es Charda, die begriff, und sie fragte sanft: „Kann es sein, dass du dir Finger wünschst?"

Nun wurden die winzigen Fischaugen riesig groß. „Du meinst, du könntest mir Finger wachsen lassen?"

Charda nickte. „Sahli und ich könnten das, wenn die Kugel wieder etwas magische Energie in sich tragen würde und wir hier unten zaubern könnten."

Sie sahen, wie es in dem kleinen Fischkopf arbeitete. Der Dipnoi überlegte, was schwerer wog: sein Wunsch nach Fingern zum Greifen oder sein Gehorsam Iskhuros und dessen Befehlen gegenüber.

„Aber ... Aber ..." Er schaute überfordert. „Aber ..."

Er schaute traurig. „Aber …“ Er schaute nicht mehr. Denn plötzlich schloss er die Augen, ließ sich nach hinten ins Wasser fallen und war mit einem Mal verschwunden.

Die Zwillinge kamen herbeigestürzt, ließen sich neben Sahli, Charda und Alex auf die Knie fallen und starrten ins Wasser.

„Wo ist er hin?“, fragte Liv aufgeregt.

„Kommt er wieder?“, brachte Sally hervor.

Doch niemand konnte ihre Fragen beantworten. Einzig das Beben des Meeresbodens durchbrach die aufkommende Stille.

UNERWARTETE HILFE

„Kann sich jemand erklären, woher ständig dieses Beben kommt?", fragte Sally.

„Ich finde das überhaupt nicht gut", sagte Liv. „Im Gegenteil, es macht mir Sorgen."

„Charda macht alles hier Sorgen. Alles", ergänzte Argus' Schwester.

Sahli wollte gerade antworten, als der Kopf des Dipnois wieder vor ihm im Teich auftauchte. Rasch wandte sich Sahli ihm zu. „Da bist du ja wieder", begrüßte er ihn. „Wo warst du?"

„Nachdenken", gab der Fisch zur Antwort. „Ich habe über das nachgedacht, was ihr alle gesagt habt."

„Und?", erkundigte sich Sahli, während er die

Zauberkugel wie zufällig wieder über seine Hände und Finger laufen ließ. Alle anderen verstanden natürlich sofort, dass er damit den kleinen Fisch weiter locken wollte.

Und tatsächlich konnte der Dipnoi die Augen nicht von Sahlis Fingern lassen. „Du kannst mir wirklich solche Finger herbeizaubern?“

„Das wäre möglich, wenn ich hier unten zaubern könnte! Aber das geht ja leider nicht.“

Der Dipnoi machte ein nachdenkliches Gesicht. „Ich könnte vielleicht dafür sorgen, aber was brauchst du dafür?“

„Du müsstest mich an die Meeresoberfläche bringen, damit ich dort die Magie meiner Kugel einsetzen kann. Und du müsstest dafür sorgen, dass meine Magie bis hierher reicht.“

„Das kann ich zwar, aber das darf ich nicht“, sagte der Dipnoi.

Sahli staunte. „Das kannst du?“

Und bevor der Dipnoi antworten konnte, sagte Alex hastig: „Niemand würde es bemerken.“

In dem Dipnoi stieg Angst auf. „Wenn Iskhuros das erfährt, zaubert er mir die Finger wieder weg."

„Er wird es nicht erfahren", versicherte ihm Charda.

„Er erfährt immer alles", beharrte der Dipnoi.

„Dies hier nicht", gab Liv zur Antwort.

Und Sally ergänzte: „Wir sind schon so oft irgendwo ausgebüxt oder haben Argus, einen von Iskhuros' Freunden, ausgetrickst, dass niemand auf die Idee kommen wird, dass du uns geholfen hast."

Der Dipnoi grübelte weiter. „Und wenn Iskhuros meine Finger sieht? Dann weiß er doch Bescheid."

„Sag ihm, es war ein Unfall", schlug Liv vor. „Sag ihm, Sahli hätte noch etwas Magie in der Kugel gehabt und bei dem Versuch, sie einzusetzen, seien dir Finger gewachsen."

Der Dipnoi starrte sie an. Er zitterte vor Konzentration, so sehr dachte er nach. Bis er sich wieder ins Wasser platschen ließ und verschwand.

Im gleichen Moment bebte der Meeresboden.

„*Oh, no!*", rief Sally. „Jetzt ist er wieder weg. Und dabei waren wir so kurz davor, ihn zu überzeugen."

„Er tut mir schon ein wenig leid", meinte Liv. „Er hat riesige Angst vor Iskhuros, aber sein Wunsch, Finger zu besitzen, ist wohl übermenschlich."
„Überfischlich", korrigierte Alex sie lachend.
„In Ordnung!" Die Stimme des Dipnois unterbrach ihr Gespräch. „Ich bin dabei. Aber Iskhuros darf es niemals erfahren."
Sahli beugte sich wieder tief zu ihm hinunter.
„Versprochen. Wir verpetzen doch nicht den Freund, der uns am meisten hilft."
Der Lungenfisch schwappte überrascht ein großes Stück aus seinem Teich heraus. „Hast du mich gerade einen Freund genannt?"
Sahli nickte. „Du bist für uns da, hast du gesagt. Und du hilfst uns. Das machen Freunde füreinander."
Darauf antwortete der Dipnoi nicht. Er war zu gerührt, um die richtigen Worte zu finden. „Dann komm mit", sagte er stattdessen.
„Komm mit?", hakte Sahli nach.
„Du musst mit mir durch den Teich tauchen, wenn ich dich an die Meeresoberfläche bringen soll."

Sahli war verdutzt. „Du vergisst, dass ich keine Kiemen habe. Ich kann nicht unter Wasser atmen."

„Das weiß ich doch", winkte der Dipnoi lässig mit einer Flosse ab. „Vertrau mir einfach."

Die Zauberkugel lag reglos in Sahlis Händen. Nun war er es, der sich vor Anspannung kaum bewegen konnte.

„Wir kommen mit", versuchte Liv ihn zu trösten.

Doch der Dipnoi schüttelte den Kopf. „Das geht nicht. Das würde Iskhuros merken. Ihr anderen müsst hierbleiben, falls er nach euch sieht."

Das sahen alle ein, aber Sahli blieb dennoch besorgt. So besorgt, dass der Dipnoi nachgab.

„Also gut", willigte er ein und schaute zu Alex. „Du. Du darfst noch mitkommen. Aber die anderen müssen hierbleiben und sich eine Ausrede einfallen lassen, falls Iskhuros euch aufsucht."

Alex nickte, allerdings mit demselben besorgten Gesichtsausdruck, mit dem Sahli vor dem Lungenfisch saß.

„Dann los!“, befahl der Fisch. „Folgt mir!“
Nach diesen Worten ließ er sich in den Teich gleiten und verschwand im Wasser.
„Bis später“, sagte Alex mit brüchiger Stimme zu den Zwillingen und zu Charda.
Sie winkten ihm zu. Er merkte ihnen an, dass auch ihnen nicht recht war, was hier gerade geschah. Sie alle dachten an die Gefahren, die Alex und Sahli bevorstanden, wenn sie durchs Meer tauchten: den Sauerstoffverlust, den Wasserdruck, die Meeresbewohner. Aber sie alle wussten auch, dass dies die einzige Möglichkeit war, ihrem Gefängnis zu entkommen. Sie mussten dem Dipnoi vertrauen.
Also füllten sich Alex und Sahli mit tiefen Atemzügen die Lungen, bevor sie ins Wasser eintauchten, um dem Dipnoi zu folgen.
Der Meeresboden bebte, als wollte er die Freunde verabschieden.

„Ich kann mich nur bei dir bedanken“, sagte Argus glücklich und schüttelte Iskhuros’ riesige Hände.

„Das hast du hervorragend gemeistert. Du hast mein Problem auf erstklassige Weise gelöst. Sei meines ewigen Dankes versichert.“ Er wandte sich Itzel zu: „Und auch du, meine getreue Gefährtin. Du hattest den Einfall, Iskhuros um Beistand zu bitten. Auch dir gebührt mein ewiger Dank.“

„Nun denn, mein lieber Argus“, ließ Iskhuros seine einzigartige Stimme erklingen. „Dann bin ich gespannt, was diese Dankbarkeit dir wert ist.“

„Was soll das heißen?“ Augenblicklich war Argus wieder misstrauisch.

Iskhuros trat an ihn heran. Argus musste den Kopf weit in den Nacken legen, um den Riesen anschauen zu können.

„Ich habe dir geholfen und nun benötige ich deine Unterstützung“, erwiderte Iskhuros und Itzel nickte. Anscheinend war sie bereits eingeweiht.

Argus gefiel das alles ganz und gar nicht. „Du musst schon deutlicher werden“, sagte er. „Wobei genau brauchst du meine Hilfe?“

Iskhuros legte seinen mächtigen Arm auf Argus’

Schulter und führte ihn mit sich. „Komm, mein Freund. Ich werde es dir zeigen."
Damit traten die beiden aus dem Raum. Itzel folgte ihnen nachdenklich.

Das Wasser war kristallklar, und es tat Alex sehr gut, darin zu tauchen. Er ärgerte sich nur darüber, dass er nicht daran gedacht hatte, seine Kleidung abzulegen. Sie presste sich fest an seine Haut und fühlte sich schwer und bleiern an.
Sahli dachte wohl das Gleiche. Er zog an seinem Shirt, damit es sich nicht zu eng an seine Haut legte. Doch all diese winzigen Probleme waren vergessen, als die beiden den Dipnoi vor sich im Wasser sahen, der sie offensichtlich erwartete. Sofort fielen den beiden Jungen alle Sorgen ein, die sie gerade beschäftigten. Und da gehörte patschnasse Kleidung am Leib ganz sicher nicht in die schlimmste Kategorie.
Der Dipnoi lächelte den beiden zu, dann tauchte er ihnen voraus und ließ sich nach oben treiben. Alex und Sahli folgten ihm.

Wieder fragte sich Alex, ob der kleine schusselige Fisch wirklich verstanden hatte, dass sie unter Wasser nicht überleben konnten. Ob er wusste, dass der Druck außerhalb der geschützten Atmosphäre, die Iskhuros geschaffen hatte, zu stark für jeden Menschen war und sie beide Sauerstoff brauchten, um zu überleben. Sie ließen sich von einer Strömung erfassen, die sie schneller nach oben brachte. Das ersparte ihnen Schwimmbewegungen, sodass sie beide weniger Sauerstoff verbrauchten.

„Und dennoch", dachte Alex. „Bis an die Meeresoberfläche reicht das, was ich in den Lungen habe, niemals. Nicht mal für einen Bruchteil davon."

Er befürchtete, dass es ein Fehler gewesen war, dem Dipnoi zu vertrauen und ihm zu folgen.

Sie glitten an braungrauem Gestein entlang, und Alex begriff, dass dies die Außenwand ihres Gefängnisses war. Sie schwebten also gerade über die Kuppel der frühzeitlichen Ebene, auf der Charda und die Zwillinge auf sie warteten.

„Hoffentlich sehen wir uns bald wieder", dachte

Alex und winkte ihnen durch das dichte Lavagestein zu, während er spürte, dass der Sauerstoff in seinen Lungen allmählich knapp wurde.
Im nächsten Moment fiel ihm auf, dass es heller um sie herum wurde. Er schaute nach oben und entdeckte eine Wasserkante. Er streckte die Hände nach ihr aus und zog sich hustend, prustend und schnaufend an Land.
Neben ihm tauchte Sahli auf. Ebenfalls schnaufend und nach Luft ringend.
Hinter ihnen schaute die Schnauze des Dipnois aus dem Wasser.
„Das habt ihr super geschafft", lobte er die Freunde. „Damit habt ihr das Schlimmste hinter euch."
Alex und Sahli schauten sich gleichzeitig um.
„Wirklich?", fragten sie wie im Chor.
Der Dipnoi lachte. „Erkennt ihr, wo ihr euch befindet?", fragte er bestens gelaunt.
Die beiden Jungen blickten sich um. Sie sahen die zerfallenen Gebäude und die löchrigen Straßen.
„Das ist die obere Stadt von Atlantis", sagte Alex. Und weil ihm sofort die unsichtbare Hülle ins Auge fiel,

die sie vor all den Wassermassen über ihnen schützte, fügte er hinzu: „Wir sind in dem Bereich, den Iskhuros für Menschen betretbar gemacht hat.“

„Sehr gut“, erklang es hinter Alex. „Und diesen Schutzschirm könnt ihr für euch nutzen.“

Alex und Sahli drehten sich zu dem Dipnoi um.

„Wie meinst du das?“

Der Dipnoi lächelte. „Ich habe es beobachtet, als Itzel neulich hier war“, antwortete er. „Nicht weit von hier liegt das Ende des Schutzschirms. Hinter den Gebäuden zu eurer Rechten ist er von Iskhuros verankert worden. Und nun hört zu: Wenn ihr durch diesen Schirm hindurchschreitet, als würde es ihn gar nicht geben, legt sich ein Teil des Schirms um euch und bildet eine Sauerstoffblase wie die, in denen ihr hierhergereist seid.“

In diesem Moment hätte Alex den Dipnoi am liebsten umarmt. Wenn es stimmte, was der Lungenfisch sagte, dann war dies ihre Möglichkeit zur Flucht. Und dann war es die beste Idee aller Zeiten gewesen, diesem kleinen prähistorischen Fisch zu vertrauen.

„Und du bist sicher, dass das so funktioniert?“, vergewisserte er sich.
Der Dipnoi kam näher zu ihnen geschwommen.
„Ganz sicher. Ich habe es selbst gesehen.“
„Danke!“, sagte Sahli.
Der Fisch war nun sehr nah am Rand. „Wirst du dein Versprechen nun auch halten?“, fragte er.
Sahli ging so dicht vor dem Dipnoi in die Hocke, dass die Wassertropfen, die sich aus seinen Haaren lösten, dem Lungenfisch auf den Kopf platschten.
„Ich möchte dir wirklich gern Finger schenken“, versprach Sahli noch einmal. „Aber meine Magie versagt doch hier unter der Meeresoberfläche und …“
Der Dipnoi lächelte. „Es liegt nicht an dem Wasser, dass du hier nicht zaubern kannst.“
„Was? Wie meinst du das?“
Der Lungenfisch schaute über sich, die gigantische Schutzhülle entlang. „Es ist diese riesige Blase, die alle Magie von außen abhält“, verriet er endlich. „Wenn wir eine Lücke lassen, gelangt deine Magie hierher.“

Sahli lächelte. Und auch Alex verstand.

„Und du sorgst für diese Lücke?“, fragte Alex nach.

„Nein, das würde Iskhuros bemerken“, antwortete der Dipnoi. „Legt einfach einen dicken Stein unter die Wand des Schutzschirms.“

Sahli nickte ihm zu. „Du kannst dich auf uns verlassen.“

Damit erhob er sich und verabschiedete sich winkend von dem Dipnoi.

Auch Alex winkte dem Fisch noch einmal dankbar zu. „Ich kann es kaum glauben“, flüsterte er Sahli zu. „Wir haben tatsächlich einen Weg hinaus gefunden.“

Sahli nickte. „Ja. Und wenn wir wieder zurückkommen, wissen wir bereits, wie wir Charda und die Zwillinge ... Moment!“ Er blieb stehen.

Auch Alex verharrte auf der Stelle. Sie beide hatten Stimmen gehört.

„Das ist Argus“, flüsterte Sahli.

„Und Iskhuros“, ergänzte Alex wispernd. „Wir müssen vorsichtig sein. Es klingt, als seien sie ganz in der Nähe.“

Sahli ging auf die Stimmen zu, doch Alex hielt ihn am Ärmel seines Shirts zurück. „Was tust du denn?“, zischte er.

Sahli zeigte mit dem Finger in die Richtung der Stimmen. „Ich möchte wissen, was da los ist, und erfahren, worüber sie sprechen.“

Alex zeigte in die andere Richtung. „Aber wir müssen doch …“ Doch er wusste, dass Widerstand zwecklos war. Also seufzte er tief und ließ Sahlis Ärmel los. Gemeinsam schlichen sie in die Richtung der Stimmen.

Iskhuros und Argus kamen die zerstörte Straße entlang. Der Riese hatte einen Arm auf Argus' Schultern gelegt, und die beiden Freunde konnten selbst aus der Ferne erkennen, wie unangenehm das Argus war.

„Ich hoffe sehr, dass du mir helfen kannst“, sagte Iskhuros gerade. „Für mich ist dieses Problem ebenso dringlich, wie deines mit Sahli gewesen ist.“

Gleich darauf hörten sie Itzel. „Und du hast vorhin selbst zugegeben, dass Iskhuros dir wunderbar geholfen hat. Es ist also mehr als angebracht, dass du ihm ebenfalls hilfst."

Argus verzog das Gesicht, und Sahli erkannte sofort, was in dem Dschinn vorging: Ihn nervte das alles hier nur noch. Er war gekommen, damit Iskhuros ihm half. Doch dass er nun selbst etwas tun sollte, ärgerte ihn gewaltig.

„Typisch Argus", zischte Sahli wütend. „Ein Egoist, größer als jede Sanddüne meiner Wüste!"

„Was haben sie wohl vor?", fragte Alex.

Nun war es Sahli, der ihn am Ärmel zog. „Lass uns näher herangehen. Denn ich möchte das auch wissen."

Alex wollte in einer Sauerstoffblase zur Meeresoberfläche reisen. Er wollte Sahlis Magie nutzen. Er wollte ... Doch Sahli zog dermaßen an ihm, dass Alex sich nicht widersetzen konnte.

Sie schlichen näher an die drei Magier heran und sahen, wie sie in das Gebäude mit dem langen Gang zur Unterstadt von Atlantis gingen.

„Oh nein!", stöhnte Alex. „Sie gehen zu unserem

Gefängnis und werden sofort bemerken, dass wir geflohen sind."

„Lass uns näher heran!", forderte Sahli ihn auf.

Sie folgten den Erwachsenen in sicherer Entfernung. Immer und immer wieder sprach der Riese auf Argus ein, um ihm zu verdeutlichen, wie dringend er dessen Hilfe benötigte.

„Ich wüsste zu gern, was ihn so plagt", flüsterte Sahli Alex zu.

„Na, der hat gleich ganz andere Sorgen", antwortete Alex. „Wenn sie unsere Flucht bemerken, wird hier die Hölle los sein."

Doch Iskhuros geleitete seine Gäste in einen zweiten Gang. Er drückte eine modrige alte Holztür zur Seite und musste sich bücken, um hinter Argus und Itzel hineingehen zu können.

Nun war auch Alex' Interesse so stark geweckt, dass er seine Flucht vergaß.

„Wo gehen die denn hin?", fragte er.

Der Boden unter ihnen bebte wieder einmal, als Alex und Sahli ebenfalls durch die Tür huschten. Der Gang führte sie noch ein Stück weiter in die Tiefe. Eine gewaltige Hitze umfing die beiden Jungen und es roch nach Schwefel.

„Äh … ich hoffe nicht, hier unten ist wirklich die Hölle los“, versuchte Alex einen Scherz. Sahli zwinkerte seinem Freund zu, blieb aber stumm. Seine Angst, entdeckt zu werden, war zu groß.

Schließlich blieben die drei Magier stehen und Alex und Sahli suchten Schutz hinter einem vorstehenden Felsbrocken.

Sie standen auf einer riesigen Anhöhe. Vor ihnen erstreckte sich ein Tal, das dem des Urdorfs von Atlantis sehr ähnelte. Auch hier spannte sich eine Lavakuppel über die gesamte Ebene, doch statt eines Teiches und alter Häuser blickten sie auf verbrannte Erde und glühende Steine. Die Hitze war beinahe unerträglich und der Schwefelgeruch raubte ihnen allen fast den Atem.

Iskhuros deutete auf die gegenüberliegende Wand auf der anderen Seite des Tals.

Alex und Sahli mussten sich recken und strecken,

um an den Magiern vorbei erkennen zu können, was sich dort befand. Als sie es erblickten, stellte Alex überrascht fest, dass es mit das Schönste war, was er jemals zu Gesicht bekommen hatte.

Über die gesamte Wand hinweg bewegte sich ein farbenfroher Nebel, riesig groß und vollkommen dicht. Er waberte in sich, wobei die Farben sich immer wieder neu mischten und unglaublich schöne Muster ergaben.

Iskhuros' Stimme erklang und hallte im Tal als vielfaches Echo wider. „Lass dich von der Schönheit dessen, was Itzel dort geschaffen hat, nicht blenden, mein lieber Argus", sagte er, während er mit seiner massigen Hand auf den Nebel zeigte. „Was du dort siehst, stellt die größte Gefahr für mich, für meine Tiere und für Atlantis dar."

Argus war überrascht. „Warum, was bedeutet der Nebel?"

„Dieser Vulkan steht kurz vor dem Ausbruch. Das kündigt sich schon lange an. Spürst du die Erdstöße, die den Boden immer wieder beben lassen?"

Alex stieß Sahli in ihrem Versteck an. „Das also ist der Grund, warum es ständig dieses Rumoren im Boden gibt."

Sahli wirkte sehr nachdenklich. „Ich kann Iskhuros' Angst gut nachvollziehen. Wenn dieser Vulkan wieder ausbricht, wird Atlantis völlig zerstört werden."

Alex wollte antworten, als Argus Iskhuros antwortete. „Natürlich habe ich die Erdstöße bemerkt, Iskhuros, und ich verstehe deine Sorge, mein Freund. Man kann regelrecht spüren, unter welchem Druck der Vulkan steht."

„Darum habe ich Itzel vor einiger Zeit um Hilfe gebeten", erklärte Iskhuros. „Ihre Nebelzauber sind mächtig und gewaltig. Du siehst ja selbst, was sie hier geschaffen hat."

Itzel trat einen Schritt vor. „Wochenlang habe ich hier gestanden und diese Wand aus Nebel erschaffen, um den Vulkan zurückzuhalten", erklärte sie. „Doch das wird nicht ausreichen. Erkennst du die Bewegungen in meinen Nebeln? Siehst du, wie verzweifelt sie versuchen, die Lavaströme des Vulkans aufzuhalten?

Es zeigen sich schon erste Risse. Lange wird mein Zauber nicht mehr ausreichen, um den Ausbruch zu verhindern."

Plötzlich bebte der Boden. Geradeso, als wollte er Itzels Worte bestätigen.

Argus blickte Iskhuros an. „Und warum zeigst du mir das?"

„Ich habe dir bei deinem größten Problem geholfen. Nun bitte ich dich um Hilfe und Unterstützung bei meinem größten Problem."

„Uff!", stieß Alex in ihrem Versteck aus. „Iskhuros möchte, dass Argus einen ganzen Vulkan in Schach hält? Das ist doch wohl unmöglich."

„Eigentlich nicht", flüsterte Sahli an seiner Seite – und Alex war verblüfft.

„Was?"

Sahli zuckte mit den Schultern. „So, wie ich das sehe, braucht der Vulkan nur einen anderen Ausfluss für seine Lava. Das bedeutet, dass Argus auf der anderen Seite des Vulkans ein Loch zaubern muss, durch das die Lava abfließt. Anschließend müsste er auf dieser

Seite das Loch verschließen. Itzels Nebel könnten ja als zusätzlicher Schutz aufrechterhalten werden."

Alex dachte darüber nach. „Das ist Argus möglich?", fragte er.

„Auf jeden Fall", bestätigte Sahli in einem Ton, der Alex sofort überzeugte.

„Auf keinen Fall", hörten sie Argus in einem Ton verneinen, der sie alle nicht überzeugte. „Das ist mir nicht möglich."

„Was?", gab Iskhuros überrascht zurück.

„Was?", entfuhr es Itzel.

„Was?", zischten die Jungen in ihrem Versteck.

„Es ehrt mich sehr, lieber Iskhuros, dass du mir einen solchen Zauber zutraust. Aber du weißt selbst, dass ich hier in deinem Wasserreich keinen Zauber ausführen kann. Ich habe hier doch keine Magie. Und selbst wenn ich hier zaubern könnte, so mächtig bin ich nicht, dass ich einen ganzen Vulkan zum Stillstand bringen könnte."

Itzel legte die Stirn in Falten. „Aber Argus, du hast schon weit größere Zauber vollbracht."

Argus winkte ab. „Ach was. Das denkst du nur. Unterschätze niemals die Kraft eines Vulkans.“
„Unterschätze aber auch niemals die Macht eines Dschinns“, widersprach Itzel, als Iskhuros sich Argus zuwandte.
„Ich traue dir das durchaus zu“, sagte er enttäuscht. „Und natürlich würde ich dich unterstützen. Du weißt schon, dass ich die Mittel und Möglichkeiten habe, dafür zu sorgen, dass du deine Magie auch in meiner Welt ausführen kannst. Das bedarf zwar eines großen Aufwandes, doch es ist nicht unmöglich. Für Itzel habe ich dies auch getan, wie du selbst siehst. Deshalb bin ich überrascht von deinen Worten.“
Sahli kratzte sich im Versteck grübelnd am Kopf. „Ich bin auch überrascht“, flüsterte er. „Glaub mir, Alex. Das ist für Argus keine große Herausforderung. Er muss es ja nicht mit dem ganzen Vulkan aufnehmen, sondern nur Abhilfe schaffen. Sobald er wieder an Land ist und seine Magie zurückhat, sind das wirklich kleine Zaubergriffe, die er anwenden muss. Er könnte zum Beispiel einem Hügel an Land befehlen,

ins Wasser zu rollen, mit seinen Steinen das Loch zu stopfen und so eine schützende Wand gegen den Vulkan zu bilden. Oder er könnte eine Kraft entwickeln, die die Lava wie ein Magnet an Land zieht, und sich eine neue Höhle damit gestalten. Das ist alles keine große Magierkunst. Es gibt mehrere Möglichkeiten, Alex. Warum tut Argus so, als könne er das nicht?"

Auch Alex war verwirrt. „So, wie ich Argus kenne, würde er doch alles geben, um vor Iskhuros als mächtiger Magier dazustehen. Oder nicht? Immerhin will Argus einen neuen Zirkel leiten und Iskhuros soll eines der Mitglieder werden und ..."

Da packte Sahli Alex fest am Arm. „Jetzt habe ich es verstanden", zischte er wütend. „Oh, dieser dreimal verwunschene Argus! Diese falsche Schlange. Ich kann das alles nicht glauben."

Alex rückte näher an ihn heran. „Erzähl's mir. Vielleicht glaube ich es."

Sahli deutete zu den drei Magiern vor ihnen, die noch immer in ihr Gespräch vertieft waren.

„Ich vermute, Argus misstraut Iskhuros", erklärte Sahli. „Du hast doch gesehen, wozu der Riese fähig ist. Seine Kräfte sind enorm."
Allmählich verstand Alex. „Er ist eine Konkurrenz für Argus", flüsterte er.
„Genau. Und wie hält man sich Konkurrenz vom Leib?"
Alex blickte zum Vulkan. „Indem man sie mit Problemen beschäftigt."
Sahli nickte und richtete seinen Blick ebenfalls nach vorn. „Kannst du dir vorstellen, dass Argus so durchtrieben ist, dass er Iskhuros mit seinen Sorgen und Ängsten hier alleinlässt, nur damit er ihm nicht gefährlich werden kann?"
„Ja, das kann ich mir vorstellen", erwiderte Alex. „Ich glaube ganz sicher, dass du recht hast. Er war eine falsche Schlange, ist eine falsche Schlange und wird wohl leider immer eine falsche Schlange bleiben."
Sahli war so wütend auf den Dschinn, dass er mit den Zähnen knirschte, ohne es zu merken. „Wenn ich doch nur meine Magie hier hätte. Dann könnte

ich Iskhuros' Problem lösen und würde Argus einen Denkzettel verpassen."

Alex knuffte ihn in die Schulter. „Dann lass uns zur Meeresoberfläche gleiten, deine Zauberkugel mit Magie füllen und dafür sorgen, dass Argus seinen Denkzettel bekommt."

„Wir brauchen bloß einen dicken Stein für die Lücke im Schutzschirm", sagte Sahli grinsend. Dann zogen sie los.

EIN VULKANSTARKER PLAN

Aurelius lief aufgeregt im Wohnzimmer umher und warf immer wieder die Hände in die Luft. „Ich kann es nicht fassen! Ehrlich? Ihr wart in Atlantis? In Atlantis?"

Alex und Sahli standen patschnass vor ihm und nickten zum wiederholten Mal, während Oma Ilse hinter ihnen stand und einem nach dem anderen mit einem Handtuch durch die Haare fuhr. Dabei war sie selbst von oben bis unten nass, weil sie die beiden Jungen so gedrückt und geherzt hatte, als sie vor der Tür gestanden hatten, dass sie mit ihrer nassen Kleidung auch sie völlig durchnässt hatten.

Bim, Kadabra und Baklebrud saßen an ihrer Seite

und blickten überglücklich zu den Freunden auf. Sie hatten sich alles erzählen lassen: wie Alex und Sahli zurück zum Stadtrand von Atlantis geschlichen und tatsächlich beim Verlassen der Hülle von Sauerstoffblasen umschlossen worden waren. Wie sie nach oben getrieben waren, vorbei an Haien und Walen bis zum Bachlauf an der Straßenbrücke – und schließlich hier an die Tür geklopft hatten.

„Atlantis!“, rief Aurelius erneut aus. „Ach, wäre ich doch nur jünger, ich käme jetzt sofort mit euch dorthin.“

Baklebrud amüsierte Aurelius’ gute Laune. „Wie ich dich kenne, wirst du gleich zu deinen Büchern laufen und alles über Atlantis lesen, oder?“

„Das brauche ich gar nicht. Über Atlantis habe ich schon so viel gelesen, dass ich kein einziges Buch mehr benötige. Zum ersten Mal wurde diese Stadt von griechischen Philosophen erwähnt, bereits viele Hundert Jahre vor unserer Zeitrechnung. Ob es die Stadt wirklich gab oder nicht, ist umstritten. Aber nun wissen wir es ganz sicher.“

Er lachte, und es tat Alex bei all seiner Anspannung gut, dieses Lachen zu hören.
„Man sagt, es sei eine riesige, reiche Stadt gewesen. Vor allem der bekannte Philosoph Platon hat sie ziemlich genau beschrieben. Atlantis muss wunderschön gewesen sein und seine Bewohner glücklich. Dann jedoch, so heißt es, ist es in nur einem Tag und einer Nacht von unvorstellbaren Wassermengen überspült worden, und seither gilt die Stadt als im Meer verschollen. Es gab und gibt Hunderte von Wissenschaftlern, die nach ihr gesucht haben. Und ihr habt sie nun gefunden."
Er lachte noch einmal, wurde dann aber nachdenklich.
„Von Iskhuros und dem prähistorischen Dorf unter der Stadt habe ich allerdings noch nie etwas gehört. Hach, wie gern würde ich das alles sehen und erleben. Aber für diese Reise mit den Sauerstoffblasen zum Meeresboden und die Versteckspiele vor dem üblen Argus bin ich einfach zu alt, fürchte ich."
Die Zauberkugel leuchtete begeistert auf, als hätte sie Aurelius' Worte gehört. Sahli musste lachen.

„Ich weiß nicht, ob ich dich jünger zaubern kann", sagte er. „Was ich aber kann, ist, mein Versprechen einzulösen und dem Dipnoi Finger zu zaubern."
„Und dann?", fragte Kadabra. „Was ist dann euer Plan?"
Alex löste sich aus Oma Ilses Gerubbel und setzte sich vor die Katze. „Ganz klar: Wir werden in unsere Sauerstoffblasen steigen, die noch an der Straßenbrücke auf uns warten, um Charda, Liv und Sally zu befreien. Wir kennen ja nun den Fluchtweg."
Oma Ilse kam gelaufen und rubbelte Alex noch einmal mit dem Handtuch durch die Haare. „Ich freue mich ja so darauf, wenn alle wieder hier sind."
„Fast alle", gab Sahli zurück. „Einen werden wir für längere Zeit vermissen müssen."
Oma Ilse stoppte sofort ihr Rubbeln, sodass ihr Handtuch auf Alex' Kopf ruhte und ihm die Sicht nahm. „Was meinst du denn damit, Sahli?", fragte sie überrascht.
„Das beantworte ich dir später. Jetzt muss ich das, was ich vorhabe, vorbereiten."

Damit wandte er sich um und ging hinaus in den Garten.

„Und ihr glaubt ganz bestimmt, dass er sein Versprechen hält?" Der Dipnoi schaute beinahe flehend aus dem Wasser in seinem Teich hervor.
Sally verdrehte die Augen. „Das haben wir dir jetzt schon dreimal gesagt. *Three times!* Du kannst dich auf Sahli verlassen. Und auch auf Alex und uns alle hier."
„Das beruhigt mich", antwortete der Fisch und drehte sich einmal um die eigene Achse und damit wieder den Zwillingen zu. „Und es gibt niemals eine Ausnahme? Ihr haltet immer euer Wort?"
Nun verdrehte Liv die Augen. „Sag mal, wie lange willst du das noch mit uns machen?"
„Was denn?"
„Uns mit deiner ewig gleichen Frage auf die Nerven fallen."
„Oh, tu ich das? Dabei wollte ich doch nur fragen, ob ..."

„Wehe, du sprichst es aus“, unterbrach ihn Charda, die ebenfalls völlig genervt war.
Natürlich konnten die drei den Lungenfisch verstehen. Aber irgendwann war einfach alle Geduld aufgebraucht.
Allerdings hatte der Dipnoi seinen Satz nicht etwa abgebrochen, weil Charda ihm ins Wort gefallen war. Nein, etwas ganz anderes ging mit ihm vor. Etwas, das seine ganze Aufmerksamkeit erforderte. Erst zitterte er am ganzen Körper, dann begann er zu kichern.
„Da kitzelt was“, lachte er. „Da kitzelt was!“ Er blickte abwechselnd auf seine beiden Flossen. „Da vorn an meinen Flossen. Da kitzelt was.“
Die Mädchen und Charda sahen ebenfalls, dass etwas mit dem Dipnoi passierte. Gemeinsam beobachteten sie, wie die beiden Flossenenden sich langsam in die Länge zogen und schließlich aufspalteten. Wie lange dünne Fäden zogen sich die Enden auseinander, bis der Dipnoi an jeder Flosse fünf Finger hatte.
Der Lungenfisch schrie vor Begeisterung. Es hallte so

schrill über die Ebene, dass sich Liv, Sally und Charda die Ohren zuhielten. Doch nur für einen Moment. Dann tanzte der Dipnoi in seinem Teich, drehte sich mehrmals um sich selbst, tauchte ab, tauchte auf, drehte sich, um wieder auf- und abzutauchen.
Die drei Freundinnen lachten und klatschten. Die übermäßige Freude des Dipnois sprang auf sie alle über. Beinahe wäre Liv selbst in den Teich gesprungen, um mit dem Lungenfisch zu tanzen. Es tat so gut, das Glück dieses Fischs miteinander zu teilen.
Doch plötzlich hielten die Mädchen und Charda in ihrer Freude inne. Nur der Dipnoi tanzte glücklich weiter. Er hatte den tiefen dunklen Schatten noch nicht bemerkt, der unter ihm im Wasser des Teiches aufgetaucht war.
Es musste ein gigantisch großes Tier sein.
„Vorsicht!“, schrie Sally dem Dipnoi zu. „Ein Wal!“
„Das ist kein Wal“, rief Liv. „Seht doch nur, es hat vier Beine.“
Nun bemerkte auch der Dipnoi den enormen Schatten. Er erschrak und sprang zu den Zwillingen

an Land. Gemeinsam starrten sie ins Wasser und sahen, wie dieses Tier weiter und weiter auftauchte.
„Es hat eine riesige Schnauze", sagte Charda. „Und ... seht ihr das? Es ist von einer Sauerstoffblase umgeben."
Es dauerte nur noch einen Moment, bis Sally lachend in die Hände klatschte.
„*Amazing!*", freute sie sich. „Diese Schnauze kenne ich!"
Liv lachte ebenfalls. „Die kennen wir alle", rief sie, als Huos Gesicht vor ihnen auftauchte. Die Sauerstoffblase, die Sahli ihm vorhin an Land geschaffen hatte, war so groß, dass sie fast den ganzen Teich ausfüllte.
„Huo!", jubelten Liv und Sally gleichzeitig.
Der Drache schnaubte vor Glück.
Charda rannte auf ihn zu. „Aber du bist ja sichtbar. Warum hat Sahli dich sichtbar gemacht?"
„Weil es jemanden gibt, der ihn kennenlernen soll", antwortete Sahli, der hinter Huos Kopf in einer eigenen Sauerstoffblase aufgetaucht war. Neben ihm erschien Alex, ebenfalls in einer Blase.

Sie ließen sich ans Ufer treiben, blieben aber noch in den Sauerstoffblasen.
„Wird Huo uns hier rausbringen?“, erkundigte sich Liv voller Hoffnung.
„Das ist gar nicht nötig“, erwiderte Alex. „Wir kennen einen anderen Weg. Dank des Dipnois.“
Wie aufs Stichwort kam der Lungenfisch angeschwommen und trommelte mit seinen Fingern auf Sahlis Sauerstoffblase herum.
„Du hast dein Versprechen gehalten“, rief er begeistert – und fügte hinzu: „Und ich hab keine Sekunde daran gezweifelt.“
Sahli schaute sich die Finger an. „Gefallen sie dir?“
„Wunderschön“, flötete der Dipnoi. „Wunderschön!“
Doch er wurde schnell wieder ernst. „Aber ich muss dich etwas fragen“, sagte er mit Blick auf den Drachen. „Ihr habt mir doch drei Dinge versprochen: dass ihr mir Finger schenkt …“
„Das haben wir getan“, antwortete Sahli.
„Dass ihr wiederkommt …“
„Auch das haben wir getan.“

Der Dipnoi sah auf einmal ganz ängstlich aus. „Und dass ihr nicht fliehen werdet“, brachte er unglücklich hervor. „Aber ich glaube, ihr habt den Drachen dabei, um Iskhuros zu besiegen.“

„Wir werden nicht fliehen“, sagte Sahli.

Das überraschte Liv, Sally und Charda.

„Was?“

„Was?“

„Wie?“

Sahli lächelte über ihre Reaktion. „Kommt her“, bat er. „Ich verrate euch, was ich vorhabe.“

„Ich bin enttäuscht!“

Iskhuros ließ den großen Kopf hängen. Selbst seine riesigen Schultern hingen herab. „Ich hatte große Hoffnung in dich gesetzt, Argus“, gab er zu. „Itzel hat mir von deinen mächtigen Fähigkeiten erzählt. Sie war sicher, dass meine Bitte dich nicht überfordern würde.“

Argus blickte zu Itzel. „Auch eine Hohepriesterin kann sich mal täuschen.“

Itzel nahm ihn an der Hand. „Argus, ich bitte dich. Du hast es ja nicht einmal versucht."

„Wenn ich dich bitten würde, ein Kamel bis zum Mond fliegen zu lassen, würdest du es auch gar nicht erst versuchen, oder?"

Sie blieb skeptisch. „Lässt sich das wirklich vergleichen?"

Argus amüsierte es, dass sie ihm tatsächlich vertraute. Sie hätte wissen müssen, dass er innerhalb von Sekunden einen guten Plan vorschlagen könnte, um Iskhuros' Problem zu lösen. Für einen Dschinn war dieses Problem wirklich keine Herausforderung. Doch schon beim Anblick der Nebel, die den Ausbruch des Vulkans verhindern sollten, war Argus schlagartig klar geworden, dass er Iskhuros im Griff behalten konnte, wenn er ihm nicht half. Sollte der sich lieber selbst um seinen Vulkan kümmern, Argus würde sich in der Zwischenzeit um seinen Zirkel kümmern und darum, neuer Großmeister zu werden.

„Es tut mir leid. Aber hier komme selbst ich als einer der weltmächtigsten Dschinn an meine Grenzen.

Mit Vulkanen wird es kein Dschinn dieser Welt aufnehmen können. Lasst uns gehen", schlug er vor, wandte sich um und trat den Rückweg an. Er war froh, dass so weder Iskhuros noch Itzel sein hämisches Grinsen sehen konnten.

„Es tut mir leid, dass ich dir nicht helfen kann, lieber Iskhuros. Aber glaub mir, ich werde dir immer dankbar sein für deine Hilfe bei meinem Problem mit ... SAHLI!"

Den Namen hatte Argus geschrien.

Mit Entsetzen.

Denn Sahli und Alex versperrten ihm den Weg. Die beiden standen im Gang zwischen dem Lavagestein, breitbeinig und mit verschränkten Armen. Hinter ihnen stand Huo, schnaubend und mit wütendem Gesicht.

Argus war außer sich. „Wie seid ihr entkommen?" Iskhuros stand hinter ihm, ebenfalls maßlos überrascht. „Das hätte nicht geschehen dürfen", sagte er und blickte auf den Drachen. „Und was ist das? Wo kommt dieses riesige Tier her?"

Er hob den Arm, um mit seinem Stab einen Zauber auf Alex, Sahli und Huo zu richten.
Doch Sahli riss die Hände in die Höhe und rief: „Höre mich an, mächtiger Iskhuros. Ich kann dir bei deinem Problem helfen.“
Argus stampfte zornig mit dem Fuß auf. „Was redest du da?“, schrie er Sahli an. „Und was weißt du von Iskhuros’ Problemen?“
„Ich weiß eine Menge“, traute sich Sahli zu widersprechen. „Vor allem weiß ich, dass die Lösung kein Problem für einen Dschinn darstellt.“
„Was redest du da?“, wiederholte Argus erbost.
„Was redest du da?“, fragte Iskhuros interessiert.
„Ich kann dein Problem lösen“, erklärte Sahli selbstbewusst.
Itzel trat einen Schritt vor. „Das glaube ich dir nicht“, sagte sie. „So mächtig bist du nicht!“
Sahli deutete auf Argus. „Du gehst von dem aus, was dieser verlogene Dschinn dir gesagt hat.“
Argus hätte Sahli am liebsten geschüttelt. „Wie sprichst du denn von mir, Junge?!“

Doch Sahli beachtete ihn nicht. „Er hat euch belogen."

Iskhuros senkte den Arm. „Du meinst, ein Dschinn kann doch einen Vulkan besiegen?"

„Das weiß ich nicht", gab Sahli zu. „Aber ich weiß, dass du den Vulkan nicht stilllegen musst, um die Gefahr für Atlantis abzuwenden."

Nun war Iskhuros' Interesse erst recht geweckt. „Sag mir, wie du das meinst", bat er.

Doch Argus kam ihm dazwischen. „Hört nicht auf diesen Jungen!", rief er hektisch. „Er möchte nur seine Haut retten – und die seiner Freunde. Glaubt ihm kein Wort, sondern ..."

„Schweig still!", schrie Itzel ihn an. „Wir möchten hören, was er zu sagen hat. Dann erst entscheiden wir, ob wir ihm glauben."

In Argus kochte und brodelte es beinahe so heftig wie in dem Vulkan hinter ihnen. Aber er sah ein, dass er nachgeben musste. Zumindest für den Augenblick.

„Sprich", bat Itzel.

Sahli bedankte sich bei ihr mit einem Kopfnicken.

Er deutete zu dem Vulkan. „Es stimmt, dass ein Ausbruch Atlantis zerstören würde", sagte er. „Wahrscheinlich für immer. Die ganze Stadt und auch das Urdorf darunter würden unter der Lava verschüttet werden. So wie es schon einmal geschehen ist. Damals war der Vulkan aber noch etwas schwächer, glaube ich. Das heißt, Atlantis ist in größerer Gefahr als jemals zuvor."

„So sehe ich das auch", gab Iskhuros ihm recht.

Alex erkannte Sympathie für Sahli in Iskhuros' Gesicht. Und großes Interesse an dem, was er zu sagen hatte.

Wieder wollte Argus etwas einwenden, doch Itzel gab ihm einen Stoß, noch bevor er ein Wort sagen konnte. Alle Aufmerksamkeit lag jetzt auf Sahli.

„Sprich weiter", forderte Itzel ihn auf.

Sahli zeigte auf Huo. „Dort seht ihr einen meiner besten Freunde, Huo. Er ist ein Feuerdrache und hat ein Herz aus Gold. Ich habe ihm von deinem Problem berichtet und er möchte helfen."

„Wie sollte ein Drache mir helfen können?"

Sahli streichelte über Huos Pfoten. „Er wird den Lavastrom des Vulkans umleiten und zur anderen Seite des Vulkans tauchen. Dort musst du, Iskhuros, ihm eine Hülle aus Sauerstoff erschaffen, damit Huo in Ruhe arbeiten kann."
„Das ist kein Problem", gab der Riese zurück.
„Mit seinem Feueratem wird Huo ein riesiges Loch in die Wand des Vulkans brennen", erläuterte Sahli seinen Plan weiter.
Itzel nickte anerkennend. „Und dort kann die Lava abfließen?"
Sahli nickte. „Der Vulkan wird seinen Druck verlieren. Es wird keinen Ausbruch geben. Deine Stadt ist nicht mehr gefährdet, Iskhuros."
Iskhuros stand wie versteinert vor Sahli. Er starrte den Jungen an und versuchte, seine Fassung wiederzugewinnen. Sahlis Vorschlag hatte ihm die Sprache verschlagen.
Itzel musste laut lachen. Zum Teil wegen Iskhuros' drolligem Gesichtsausdruck, doch vor allem vor Erleichterung, weil es nun Hoffnung für Atlantis

gab. Sie schlug Iskhuros freundschaftlich auf den Unterarm.
„Nun sag endlich etwas, Iskhuros."
Das riss den Riesen aus seiner Erstarrung. Er kniete sich vor Sahli, um ihm direkt in die Augen schauen zu können.
„Ich hab dich unterschätzt, mein Junge", sagte er, und Alex, der neben Sahli stand, lief eine Gänsehaut über den Körper.
„Ich habe dich unterschätzt und ich entschuldige mich bei dir dafür", fuhr Iskhuros fort. „Ich habe allerdings nicht nur deine Kräfte unterschätzt, sondern auch deine gute Seele nicht erkennen wollen. Und das nur, weil dieser verlogene, eigennützige Dschinn mich ..."
Iskhuros blickte sich um. „Wo ist Argus?"
Auch Itzel sah sich erschrocken um. „Er ist weg!", stellte sie wütend fest.
„Was?" Alex und Sahli schrien sich die Überraschung und ihr Entsetzen aus der Seele heraus.
„Wohin?"

„Wie kann das denn sein?"

Itzel blickte sich um. „Er muss es ausgenutzt haben, dass wir Sahli unsere Aufmerksamkeit geschenkt haben. Er hat sich verdrückt."

Sahli war außer sich. „Aber ..." Er hatte gehofft, dass Iskhuros ihm helfen könnte, Argus zu bewegen, ihn in Ruhe zu lassen. „Aber ..."

„Keine Sorge", versuchte Iskhuros ihn zu trösten. „Er kann nicht weit sein. Ich werde all meine tierischen Untertanen nach ihm suchen lassen."

Das tröstete Sahli nur wenig. „Du weißt nicht, wie verlogen er ist – und wie machtbesessen. Er kann sich winden wie ein Aal."

„Selbst ein Aal kann sich nicht ewig verstecken", erwiderte Iskhuros. „Doch nun kommt mit mir. Wir müssen eure Freunde aus der Ebene retten. Ich möchte mich auch bei ihnen entschuldigen und will meinen Fehler wiedergutmachen. Ich werde ein Festessen für alle veranstalten. Ich möchte euch meine Dankbarkeit zeigen – und, ja, auch mein schlechtes Gewissen beruhigen."

RAUS AUS DER TIEFE

Es hätte Alex nicht gewundert, wenn sie Wochen für den Aufstieg im Meer gebraucht hätten. Iskhuros hatte ein Festessen bringen lassen, mit dem sie sich alle dermaßen die Bäuche vollgeschlagen hatten, dass sie jetzt bestimmt das Doppelte wogen. Doch der Unterwassermagier hatte nur gelacht, als Alex diese Bedenken geäußert hatte.

„Lass dich überraschen“, sagte er. „Eure Heimreise wird anders vonstattengehen als euer Weg hierher.“

Und tatsächlich hielt er Wort. Damit sie alle gemeinsam reisen konnten, hatte er eine riesige Sauerstoffblase geschaffen, in der sie alle Platz fanden. Er hatte sogar Stühle bringen lassen, sodass sie nun

im Kreis beieinandersitzen konnten, während sie langsam durch das Meer nach oben stiegen.
„Wird dir Huo nicht fehlen?“, fragte Sally und ergriff Sahlis Hand.
„Natürlich wird er das. Sehr sogar. Aber ich weiß ja, dass es ihm gut gehen wird. Er ist ein Feuerdrache und bekommt jeden Tag frisches heißes Lavagestein zu fressen. Wenn er zurückkommt, wird er ordentlich zugelegt haben.“ Er lachte.
„Wie lange wird es dauern, den Vulkan zu beruhigen?“, wollte Liv wissen.
„Ich schätze, ein paar Wochen“, lautete Sahlis zögerliche Antwort. „Aber ich weiß es nicht genau.“ Er wollte noch weiter ausholen, doch er kam nicht dazu. Eine hektische Stimme unterbrach ihn.
Außerhalb der Sauerstoffblase wurden sie von dem Dipnoi begleitet, der sie zur Meeresoberfläche führte. Er hielt die ganze Zeit seine Fingerspitzen gegen die Außenwand der Blase, um seinen neuen Freunden möglichst nahe zu sein.
„Aber ihr vergesst mich nicht, ja?“, fragte er und

wartete die Antwort gar nicht erst ab, sondern setzte die nächsten Fragen gleich hinterher. „Und ihr kommt mich gewiss einmal besuchen? Und ich darf auch mal zu euch in den Bachlauf kommen? Und ihr schickt mir auch mal einen magischen Gruß? Und ihr gebt mir auch Bescheid, wenn ihr den Drachen abholt? Und …"

Charda und die Zwillinge amüsierten sich über den kleinen Lungenfisch und lachten ihm immer wieder zu. Alex jedoch blickte nachdenklich nach unten in die Tiefe des Meeres, wo sie die Umrisse der Stadt Atlantis nur noch erahnen konnten.

Sahli wandte sich ihm zu. „Du denkst an ihn, oder?", fragte er seinen Freund.

Alex nickte. „Irgendwo da unten ist Argus", sagte er. „Und es passt mir nicht, dass wir so nahe an ihm dran waren und er uns schon wieder entwischt ist."

„Und wenn Iskhuros ihn noch findet?", versuchte dieses Mal Sahli, ihn zu trösten.

Alex sah seinen Freund an und fragte: „Glaubst du daran?"

„Nein“, gab Sahli ehrlich zu. „Argus wird sich wieder winden wie ein Aal. Er wird einen Weg aus der Unterwasserwelt finden.“

„Und dann wird er dich wieder jagen und versuchen, seinen neuen Zirkel aufzubauen“, sagte Alex deprimiert.

Sahli legte einen Finger an Alex’ Kinn und hob es an, sodass Alex’ Blick zur Meeresoberfläche gerichtet war.

„Lass uns doch erst einmal glücklich sein, dass wir auf dem Weg nach Hause sind, ja?“, bat Sahli.

Alex’ Gesichtsausdruck hellte sich auf. „Ja, ich freue mich auf Oma und Opa und auf Bim, Kadabra und Baklebrud.“

„Uns geht es genauso“, sagte Liv – und Sally ergänzte: „Obwohl uns Kadabras Getue wahrscheinlich schnell wieder nerven wird, richtig?“

Sie lachten. Sie lachten so laut, dass Iskhuros und Itzel sie womöglich in den Tiefen des Meeres hören konnten.

Zumindest hoffte Alex das, denn er war den beiden

sehr dankbar, dass sie Sahli angehört und sich auf seinen Vorschlag eingelassen hatten.

Erfüllt von diesen Gedanken und der Sehnsucht nach seinem Zuhause, ließ er sich mit seinen Freunden von der Sauerstoffblase nach oben treiben.

Stefan Gemmel

geb. 1970 in Morbach, schreibt erfolgreiche Kinder- und Jugendbücher (übersetzt in 24 Sprachen) und leitet auch Literaturprojekte und Schreibwerkstätten für Kinder. Für seine ungewöhnlichen Lesungen, Lesenächte und Workshops, die er in Schulen und Büchereien durchführt, erhielt er zahlreiche Auszeichnungen, darunter „Lesekünstler des Jahres 2011". Mit dem ersten Band der „Zauberkugel"-Reihe erzielte er wieder einen offiziellen Weltrekord mit über 80 Lesungen in 13 Tagen.

Anemone Kloos

ist Diplom-Designerin und Wahl-Leipzigerin. Seit mehr als zehn Jahren arbeitet sie als Illustratorin für Verlage, Werbeagenturen und erstellt neuerdings Animationen für das Fernsehen. Als freie Künstlerin vermittelt sie Wissen über die Wunder des Alltäglichen.
Ihr Herz schlägt für Bücher, Seltsames, Stille und die Farbe Grün.

www.zauberkugel.de

FSC
www.fsc.org
MIX
Papier | Fördert gute Waldnutzung
FSC® C014496

Wir produzieren nachhaltig
- Klimaneutrales Produkt
- Papiere aus nachhaltigen und kontrollierten Quellen
- Hergestellt in Deutschland

Völckersstraße 14–20, 22765 Hamburg
Coverillustration: Katharina Madesta
Innenillustrationen: Anemone Kloos nach Katharina Madesta
Umschlagtypografie und Lithografie:
Margit Dittes Media, Hamburg
Lektorat: Imke Sörensen
Satz: Pinkuin Satz und Datentechnik, Berlin
ISBN: 978-3-551-65176-1